超簡單熱壓三明治

なんちゃってホットサンド

小川糸

王蘊潔—譯

目錄

鍋燒烏龍麵

一月六日

新年三天假期剛過，馬上收拾了新年專用的各種餐具，恢復了日常模式。

今年充分享受了在日本過年的年味。

除了固定的三種年菜（黑豆、魚肉蛋捲、五色涼拌菜）以外，還陸續準備了鯡魚卵、醋醃章魚、鯡魚、海鯽仔等。

因為提早開始準備，所以今年完全沒有手忙腳亂，味道可能也是至今為止最穩定的一次。

今年，還第一次訂了外帶的年菜。

因為剛好推出了兩人份的年菜，而且我也很好奇專業廚師都煮什麼年菜。

沒想到一試就超滿意。

那似乎是山形縣的年菜，有山菜，

還有甘煮鯉魚等豐富的菜色，我深刻體會到一件事，那就是別人煮的年菜太好吃了。

以往過年，都會有客人上門，今年因為受到新冠疫情的影響，不會有客人上門來拜年，所以不必考慮要準備什麼菜色款待客人，心情就變得很輕鬆。

因為時間充裕很悠閒，於是看了好幾部韓國電影。

今年的年糕湯除了關東式以外，還享受了使用白味噌的京都風，年糕的分量也剛剛好。我認為年菜讓人覺得「真想再多吃幾口」，卻已經吃完的分量最理想。

今年的年菜完全符合這種情況，完全沒有「年菜怎麼還沒吃完？」的感覺。

我猜想是因為做年菜的時候，大家都卯起來做一大堆，所以很容易吃膩。

我發現了這個問題，於是決定今年從元旦開始，到農曆過年都視為「新年期間」，計畫每個週末都做一些還沒做過的年菜。

如此一來，就不會浪費，也不至於吃膩。

如果還是吃不完，就拿來煮鍋燒烏龍麵。

除了烏龍麵，再把魚糕、鳴門魚肉卷[1]和雞肉，或是剩下的昆布卷，反正就是把冰箱裡剩下的年菜一股腦丟進砂鍋，煮一下就搞定了。

這也成為一種儀式感，每次煮鍋燒烏龍麵，就知道新年結束，回到了日常生活。

而且吃了鍋燒烏龍麵，身體也會暖和起來。

寒冷的夜晚，沒有比鍋燒烏龍麵更幸福的滋味了。

對了對了，在吃山形縣的年菜時，我想起一件事。以前吃鯡魚卵時，都一定會和毛豆一起浸泡在用甜料酒、醬油和高湯做的醬汁中醃製入味。

鯡魚卵和毛豆簡直是絕佳搭配。

小時候，一直覺得鯡魚卵和毛豆一起出現是理所當然的事，長大之後，把鯡魚卵單獨浸泡醃製成為主流，久而久之，就忘記了鯡魚卵和毛豆這樣的搭配。

但是，這次在山形縣的年菜中，又看到鯡魚卵和毛豆同時出現，才終於想起這件事。我吃了之後，感到意猶未盡，立刻去超市買了山形縣特有的秘傳毛豆，讓它們和剩下的鯡魚卵合體。

這是喝日本酒時的絕佳下酒菜。

拿出每年只有新年使用的特別餐具，享受新年才可以吃到的特別料理，有一種新年新氣象的感覺。

總覺得一年之中只使用三天，有點太可惜了。

很期待明年再次看到它們出現在餐桌上的身影。

1. 鳴門卷是一種魚板，可作為配菜也可以當作主菜。最常用來當作拉麵配料，也用於沙拉和湯，製成天婦羅或直接食用。

同一個世代

一月十二日

我是牛年出生，所以今年是我的本命年。

百合今年七歲，把狗的年紀換算成人類的年紀，就是乘以七，牠差不多和我屬於同一個世代。我最近發現了這件事，忍不住大吃一驚。

所以我們都邁入了中年，已經過了人生的折返點了嗎？

百合最近越來越會撒嬌了。

整天會央求抱抱。

牠還是小狗的時候，即使想要抱牠，牠每次都馬上溜走。

牠現在似乎把我當成舒服的坐墊。

在牠七歲之後，經常覺得我們之間

似乎能夠溝通了。

一方面可能是因為新冠疫情期間的居家防疫，讓我們有更多時間相處，但我覺得更重要的是，隨著百合的年歲增長，我們瞭解彼此的能力都提升了。

牠剛來家裡的時候，我完全搞不清楚牠想要什麼。

但是，現在可以從牠的表情、動作和行為模式中，確實接收到牠傳達的訊息。我肚子餓了！我要吃飯！我現在想睡了，別來煩我。雖然想去上廁所，但先來玩一下！差不多該出門散步了吧？抱抱！我喜歡你！我的背好癢，幫我抓一下？

百合會用全身傳達這些訊息。

至於人類的話，百合除了「點心」、「好吃」、「汪汪」和「爸爸」這幾個詞彙以外，幾乎都聽不懂，但是牠很努力想要聽懂人話，我也大致能夠猜到百合在想什麼。

一旦有辦法溝通，彼此就更相愛了。

呼、呼。牠最近開始打呼，每次看到牠毫無防備地熟睡的樣子，就愛得無法自拔。

希望你活得久一點，越久越好。每次都會忍不住祈禱。

前幾天，和一位剛好比我大整整一輪的年長朋友在電話中聊天。

「我覺得自己不久之前，才剛從小學畢業！」

她在電話中這麼說。

在回顧自己的人生時，不要說成人式，連小學的入學典禮都覺得是「不久之前的事」。

以這種感覺思考，就會發現未來能夠和百合愛相隨的日子也很有限。

我希望未來的日子，充分感受每一天都是百合送給我的寶貴禮物。

人生的前半場，百合帶給我無數陪伴的時光，我希望在人生的下半場，好好陪伴百合的人生。

這就是我目前的希望。

愛撒嬌的百合，現在也躺在我的大腿上打瞌睡。

牠的態度越來越像「大嬸」，這也超可愛。

寒冷的日子，更加感恩百合的溫暖。

老人與狗

一月二十二日

這是企鵝（前夫）帶百合在附近散步時遇到的事。

一頭親人的柴犬迎面走來。

企鵝伸出手，向柴犬打招呼，柴犬飼主的老人突然開口對他說：

「你來當牠的爸爸。」

老人說完這句話，就想把他手上的狗牽繩交給企鵝。

一問之下才知道，老人即將接受心臟手術。

他原本就有宿疾，最近還發現罹患了癌症。

老人判斷自己無力繼續飼養那頭柴犬，於是就在散步時，為愛犬尋找新的飼主。

聽說那頭柴犬六歲，很親人。

我聽了之後，感到心有戚戚焉。

你有沒有留下老人的聯絡方式？柴犬是公的還是母的？叫什麼名字？

我一口氣問了好幾個問題，企鵝歪著頭回答說不知道。

我腦海中閃過一個念頭，我可以接收那頭柴犬。

即使沒辦法收養，至少可以在那位老人無力自行照顧期間，暫時代為飼養，或許能夠助他一臂之力。

我猜想那位老人一定很不安，但柴犬可能也有所察覺，內心感到不安。

至少希望可以知道老人的聯絡方式。之後我走在路上時，都忍不住東張西望，尋找老人與狗的身影，但至今還沒有發現他們。

希望他們能夠趕快找到理想的飼主，讓老人和柴犬能夠早日安心過日子。

說到老人和狗，前幾天，我去附近買菜。

在買菜的路上，看到一隻白色的狗扯著狗牽繩，走在斑馬線上。飼主是一個男人，他完全被自己養的狗搶走了主導權。誰家的狗，根本沒有教好。我遠遠地看著，覺得很受不了。仔細一看，發現是我家的狗。

目前我家最熱門的就是《巴比倫柏林》。這是德國製作的電視影集，格局龐大，耗費了鉅額的製作成本。影集的舞台是剛好距今一百年前，從第一次世界大戰落敗後的一九一九年，到納粹崛起的一九三三年的十四年期間，德國採用共和憲政政體的威瑪共和國。

在當時被認為最先進的威瑪憲法體制下，人民歌頌自由，電影、戲劇和廣播等各種文化都蓬勃發展，包浩斯（bauhaus）主義也是在那個時代誕生。那個時期，柏林出現了很多咖啡店和酒館，每天晚上都舉辦各種華麗的表演，堪稱柏林的黃金時代。

劇情的發展和影像都別出心裁、打破常規，故事的驚人發展，讓我每次都看得緊張刺激。

沒想到電視上會播出這種影集，太令人驚訝了。

整部影集完全都沒有任何拖拖拉拉的場面，卻可以充分感受籠罩了那個時代的頹廢氣氛。在酒館跳舞的那一幕精采絕倫，影像也很美，很適合加入居家防疫期間追劇的片單。

因為影集的舞台是在柏林，我每次看到熟悉的風景、房子和馬路，就欣喜不已。這幾天我追得欲罷不能，一口氣看完了第一季和第二季的總共十六集影集。

如果要我再從頭看一次，也完全沒問題。

同時，我迫不及待想要敲碗第三季！

這部作品很出色，可以瞭解在納粹崛起前的德國到底發生了什麼事，雖然是影集，但我覺得社會背景等都高度還原了當時的歷史。

如果還沒有看這部影集的人，不妨趁這個機會好好追一下。

我很推薦。

檜原禮盒

一月二十六日

天空已經迎接了春天，地面還留在冬天。

公園的花圃內，水仙接連綻放花朵。

河邊的櫻花樹也含苞待放，等待春天的腳步。

我收到了檜原禮盒。

東京都檜原村。

這是一位移居檜原村的朋友寄來的，俗稱檜原禮盒。

除了和往年一樣的麵包和舞菇以外，今年還多了檜原紅茶和越桔果醬。

越桔。

我之前不知道這種名字的植物。

查了資料之後才發現，原來是日本

古代就有的莓果。

據說被稱為山上的黑珍珠。

我用越桔果醬配德國炸豬排一起吃。

日本有炸豬排，德國也有炸豬排。

我有點想念德國炸豬排了。

把豬肉（或是小牛肉）拍成很薄很薄的薄片，裹上麵衣後油炸。

由於表面積很大，我第一次看到時被嚇到了，但也因為很薄（以前日本稱之為紙豬排），所以轉眼之間就吃完了。

在德國的餐廳點德國炸豬排，有很高的機率會同時附上檸檬和甜甜的果醬。

吃肉配果醬？雖然很想要皺眉頭，但實際吃了之後，就發現其實也沒那麼不搭。

我拿一半的舞菇加在烤米棒火鍋[2]中，另一半拿來做蕈菇醬。

做蕈菇醬時，當然也可以加其他種類的蕈菇，但我每次都只用舞菇而已。

基本上只要用橄欖油將大蒜、辣椒和舞菇同炒，然後用攪拌機攪拌打成泥而已，但口感濃郁美味。

如果有大量蕈菇，一下子吃不完時，做成蕈菇醬，就可以延長保存日期。可以加在義大利麵的醬汁中，或是炒蔬菜時調味，用途很廣泛，但我最喜歡抹在麵包上。

自製蕈菇醬和朋友一起寄來的檜原村麵包也是絕配。

聽說那是需要排隊才能買到的熱門麵包店推出的麵包，之前經常有朋友送我各種好吃的麵包，但是比較大的麵包，通常都吃不完，每次都要把剩下的放進冷凍庫。

只有檜原村的麵包是例外，每次都很快就吃完。

我喜歡檜原村麵包有一種保持平常心的感覺。

用烤箱稍微烤一下，沾蕈菇醬一起吃，就自成一道美味。

2. 將搗碎的米飯捲在杉木串上做成「米棒」燒烤後，再和比內地雞等食材一起熬煮製成的秋田鄉土火鍋料理。

這次的檜原紅茶也讓我很驚豔。

據說是一位從東京移居檜原村的女性，讓原本棄耕的茶園重生，花了多年的歲月，終於培育出本地紅茶。

檜原紅茶完全沒有特殊的味道，雖然這種說法有點奇怪，但清澄的味道簡直就像在喝純淨的水一樣。

我也很喜歡檜原村那種村落的感覺。

所以我一直對那個地方很好奇，只是至今都還沒機會實地造訪。

我上網查了一下，發現那裡有好幾道漂亮的瀑布。

還有溫泉。

等我考上駕照，要不要把檜原村列入第一站？

手工冰淇淋

二月三日

昨天我沒有撒豆子[3]。

今年的節分是在二月二日，我從幾天前就摩拳擦掌，但最後什麼都沒做。

所以我剛才吃了一顆炒黃豆作為替代方案。

其實那是百合的點心，只是有點受潮了。

今天是立春。

傍晚天色變暗的時間也越來越晚了。

我向來都不覺得任何東西都要自己動手做，所謂術業有專攻，很多事還是交

3. 節分指季節的分際，即立春、立夏、立秋、立冬的前一天。季節交替時易生邪氣，因此發展出驅邪的儀式「撒豆子」，撒烘煎過的黃豆，有將家中的厄運驅逐出去、把福氣叫進來的意涵。

給專業的處理最理想，但是我最近連續做了好幾次冰淇淋。

原本以為做冰淇淋很麻煩，查了製作方法後，才發現超級簡單，也不需要任何特殊材料。

只要有雞蛋、鮮奶油和砂糖就可以搞定，所以我就帶著輕鬆的心情試了一下。

做出來的成果好吃得令人驚訝。

而且可以吃到黃豆粉的香氣。

黃豆冰淇淋感覺對健康有幫助，最重要的是，因為是自己做的，所以知道使用了哪些食材，吃起來也更安心。

於是我又挑戰了巧克力冰淇淋。

因為企鵝買回來的巧克力太甜，直接吃很膩，為了不浪費食物，於是就試著做了巧克力冰淇淋。

做黃豆冰淇淋時使用了雞蛋，這次沒有加雞蛋，只用了鮮奶油和牛奶。

巧克力冰淇淋也超級好吃。

先將融化的巧克力加入牛奶，再和打發好的鮮奶油混合，放進冰箱冷凍。

只是在冷凍過程中，必須不時拿出來攪拌一下，將空氣打入其中。

如果不覺得這個步驟麻煩，自己動手做的冰淇淋絕對更好吃，也更省錢。

再加幾顆蘭姆酒漬葡萄乾點綴。

之前在柏林時，經常可以吃到好吃的冰淇淋，如果想在日本吃同樣好吃的冰淇淋，就要花不少錢。

而且，我並不想吃很多。

飯後小嘗幾口最理想。

自己動手做，就可以分裝在一百毫升左右的小紙杯中，一小杯就是一次的分量。

我下次還打算做草莓冰淇淋。

我打算今年再次訂購去年吃了之後、心生感動的草莓，只不過到時候收到的分量會很多。

家裡水果太多，一時之間吃不完時，做成冰淇淋後，放在冷凍庫內保存，也不失為一種解決方法。

今天收到了大阪屋寄來的生米麴，我準備拿來做我的拿手味噌。

大阪屋的生米麴香氣很飽滿。

這次買了可以做兩次的分量，所以收到很大一包。

在日本，冬天的時候就要多製作點味噌，然後慢慢發酵熟成。

所以上個月和這個月，我都在家努力做味噌。

這次製作味噌時，使用的是山形縣的青豆——秘傳豆。

使用秘傳豆時，只要稍煮一下就搞定了。

新年參拜

二月十四日

昨天晚上，內心湧起了想要去哪裡走一走的衝動，根本無法克制。

我想起今年還沒有正式去神社新年參拜。

元旦那一天，我去附近拜氏神，沒想到大排長龍，於是我就站在遠處合起雙手，在內心遙拜。

今天是農曆新年。

擇日不如撞日。我決定去神社完成新年參拜，今天一大早出了門。

走去車站的路上，忍不住擔心昨晚在東北發生的地震造成的損害。

仔細一想，最近很少像這樣隨興外出了。

雖然政府宣導，要避免非緊急狀況、非必要的聚會和外出，只不過缺乏明確的判斷標準，星期天早上應該不會有太多人，而且搭電車的時間也只有十分鐘左右，我想應該沒有大礙。

我第一次去那座神社。

雖然搭特急電車只有兩站，但我有一種去遠足的感覺。

棕耳鵯正在鮮花綻放的枝垂梅上專心吃早餐。

我吸了滿滿的清爽空氣，充分享受了晨間氣息。

路旁綻放的水仙非常可愛。

從車站通往神社的參道上，聳立著高大的櫸樹，走在其間，心情就好起來。

前往正殿參拜後，在人形紙上寫自己的名字，吹一口氣後放水流。

光是這個簡單的儀式，就覺得帶走了身上所有不好的東西，頓時感到整個人都神清氣爽。

這座神社離家很近，也是一個舒服的地方，也許以後每個月的第一天，都可以來這裡參拜。

回家的路上，在住家附近的無人商店內買了活力雞剛生下的新鮮雞蛋。

如何是好

三月一日

每次看電視的新聞報導，都會感到難過，或者說是有一種空虛的感覺，所以現在很少看電視。今天傍晚去澡堂洗澡，剛好看到菅首相出現在大廳的電視上。

掌握了權力，一手掌控人事，凡事都按照對自己有利的方式推動，導致原本支持自己的優秀幕僚都走光光，最後走向自掘墳墓之路。

自信過剩地以為自己比任何人更精通所有事的自戀太莫名其妙了。身為指導者的使命，就是傾聽專家的意見，讓所有優秀幕僚都能夠充分發揮實力，帶領大家邁向更好的方向。但是在當前的日本，這種理所當然的事已經不再理所當然。

當周圍只剩下對自己的意見點頭稱是、唯唯諾諾的人，就會淪為穿新衣的國王，成為眾人的笑柄。

明明有很多優秀的人才，卻因為那些人才都在揣摩上意，無法發揮真正的實力，是國家的損失。

不久之前，奧運組織委員會主席因為歧視女性發言而辭職下台，問題是那種人能夠擔任那樣的職務本身就大有問題。

他以前就發表過很多有爭議的言論。

最近經常聽到「老害」這個字眼，所謂「老害」，就是指那些老而不退、倚老賣老的老人。不知道什麼時候，老害才會消失。

當年輕世代年歲增長，漸漸掌握權力之後，就會有新的「老害」誕生嗎？還是老害會從此絕跡？到底會是哪一種情況？

言歸正傳，最近我很勤快地去駕訓班學開車。

今天在駕訓班練習了路邊停車和倒車入庫。

向來都很親切的女教練稱讚我，說我奇蹟似的停得很完美。

但是這位親切的女教練最近就要辭職了。

太可惜了。

多虧了她，我才能夠有這麼大的進度。

該如何是好呢？

已經三月了。

今晚的月亮也很美！

校外教學

三月四日

前天，都立高中放榜，拉拉順利收到了錄取通知。

太棒了，太棒了。

拉拉的成績很優秀，只要她提出申請，就可以推甄上很不錯的高中，但她意志堅定地選擇了比較困難的那條路。

她在這方面真的很了不起。

我對她肅然起敬。

如果換成是我，根本不想要為了考高中苦讀，絕對會接受推甄。

在她很小的時候，我就發現這個孩子與眾不同，如今已經十五歲的她，聰慧的本質依然沒變。

因為疫情，以及她要準備考試的關

係，我們很久沒見面了，她在電話中說話的語氣，也變成大人了。
拉拉很期待學校的校外教學。
原本學校安排去年去校外教學，因為受到疫情影響而一延再延，最後終於決定在即將畢業的下週成行，她為這件事欣喜若狂。
她看了去年生日時，我送她的京都旅遊攻略書，決定了想去的寺院和神社。她興奮地告訴我，他們決定住在祇園的旅館，到時候會分組搭計程車前往。
大人也就罷了，小孩子在最需要走出戶外、和別人交流的時期，因為疫情的關係，不得不忍耐，真的很可憐。
而且也無法參加社團活動。
這些孩子內心一定很不滿。
所以，在最後的最後，升學考試已經結束，和同學一起參加這趟有點變成畢業紀念旅行的校外教學，一定可以成為最美好的回憶。
我也和她分享了好吃的西餐廳和烏龍麵店，恭喜她終於能夠如願去校外教學了。

結果昨天學校又決定取消了。

我相信學校的老師也絞盡腦汁，積極奔走，盡了最大的努力想要讓同學成行。而且老師當初一定判斷，學校安排的旅行日期，應該剛好有辦法成行。最後因為首都圈的緊急事態宣言延長，只能含淚作出取消的決定。

原本充滿期待的學生真的太可憐了。

為了避免疫情擴大，的確需要全力防疫，但是他們之前已經壓抑了這麼久，真的很希望他們能夠成行。

事到如今，不禁覺得當初不該推動「去旅行」的旅遊復興計畫。如果當時沒有積極鼓勵民眾外出旅行，現在的狀況應該很不一樣。受到這種政策最大影響的，終究還是弱勢族群和年輕人。

真希望像台灣的數位發展部部長唐鳳那樣優秀的人，也能活躍在日本政壇的中樞。

只不過觀察現狀，很難想像日本什麼時候才能夠接受像唐鳳那種經歷的人進入政界。

今天早上看報紙，得知書法家篠田桃紅女士去世了。

我很喜歡她的作品和隨筆。

一〇七歲。

她瀟灑的生活態度，讓人為之著迷。

願她安息。

好心情

三月十六日

隔了這麼久，終於能夠在外面的餐廳吃飯了。

這麼長一段時間，我都在家裡自己煮、自己吃。

在新冠疫情之前，我經常會外食。如今，去外面的餐廳吃飯，就被視為一件「不同尋常」的事。

每次想要打牙祭時，最先浮現在腦海中的，就是那家餐廳。

那家餐廳由一位女性經營，她總是細心料理各種當令蔬菜，裝在漂亮的碗盤內款待客人。

我很愛她做的料理，每次想和親朋

好友共享美味時光時，就會拿起電話，預約這家餐廳。

只不過這家餐廳很熱門，很難預約就是了。

前幾天，很幸運地訂到了這家餐廳。

餐廳通常傍晚五點就開始營業，我擅自判斷即使提早到也沒問題，於是我比預約時間提早了二十分鐘抵達，發現餐廳仍然大門深鎖。

事後我才發現，目前因為受到疫情影響，餐廳控制了用餐人數，那個時段只有我們兩個人用餐。

所以，餐廳老闆打算配合我們預約時間的六點，才開門營業。

「雖然可以讓你們入座，但是暫時無法提供任何服務，也不會拿水和小毛巾給你們，這樣也沒問題嗎？」

正忙著準備食材的老闆語速很快地對我們說。

我回答說，完全沒有問題，於是進入了餐廳，但老闆說話的態度未免太不友善了。

快六點時，我們終於開始用餐，但老闆的心情似乎還是很差。

雖然她用字遣詞很客氣，但表情明顯不悅，眼睛都變成了三角形。
正常營業時，外場有服務生，目前似乎為了配合縮短營業時間的政策，廚房和外場都必須由她一個人張羅。
我們很擔心會惹老闆不高興，所以在點飲料時都有點戰戰兢兢。
其實，在這家餐廳用餐時，並不是第一次遇到類似的情況，老闆有相當高的機率很不友善。
她自己可能沒有意識到這件事。
她做事很認真，我猜想她只是希望能夠在理想的時間點，把自己心目中理想的料理送到客人面前。
只不過因為太追求完美，導致一旦發生不符合她完美標準的狀況時，她就無法控制自己的情緒。
我完全能夠理解。
但是，只要稍微多一點餘裕，就不至於讓客人感到坐立難安。
在我們用餐時，老闆接到了一通預約電話。

根據我所聽到的內容判斷，打電話的客人似乎想預約六點半開始用餐。但是，如果餐廳要在八點打烊，客人就會吃得很倉促。老闆似乎很在意這件事。

「如果是結婚多年的夫妻，應該可以在八點結束，因為你們彼此也沒什麼好聊的。」

老闆竟然若無其事地說了這句超有哏的話。

我覺得太好笑了，拚命克制，才終於沒有笑出聲音。

老闆應該也沒有意識到，自己說了這麼好笑的話。

在離八點只剩下十分鐘時，老闆委婉地提醒我們，按照我們的用餐速度，無法在八點上甜點。

我切身體會到，原來餐廳八點就要打烊並不是一件容易的事。

如果是拉麵店，客人很快吃完就可以拍屁股走人，但在供應套餐的餐廳，兩個小時的用餐時間的確很倉促。

如果從五點開始用餐，可以吃得很從容，但並不是所有人都有辦法五點就走進餐廳。

這一天用餐時，的確有一種一直被催促的感覺。

美味的料理，當然希望能夠細細品嘗。

我們在八點準時走出餐廳，隱約有一種解脫的感覺。

保持好心情，無論對自己、對他人都很重要。

今天是春光明媚的好天氣。

剛才帶百合去公園散步，發現河邊的櫻花開始綻放。

我看到有兩個老爺爺拿著把雨傘柄綁在長棍子上的手工器具迎面走來，我好奇地觀察了一下，發現他們摘下公園內的夏橙，放進手上的塑膠袋裡。

他們打算帶回家做果醬嗎？

選擇性夫妻別姓

三月十九日

為什麼啊？我實在搞不懂。

不是清清楚楚、明明白白地寫了「選擇性」這三個字嗎？

法律並沒有規定，所有夫妻都必須不同姓。

想要同姓的夫妻，可以像之前一樣有相同的姓氏，想要不同姓的夫妻，也可以選擇不同姓。目前提出的草案只是增加了後者的選項而已。

反對「選擇性夫妻別姓」的人，其實就像是強迫他們根本不認識的鄰居夫婦「你們夫妻也必須改成相同的姓氏」。

我覺得這根本是很離譜的強迫行為。嗯，實在搞不懂那些人在想什麼。

既然這樣，我也有話要說。

和姓氏選擇的自由度相比，我認為名字的自由度，根本已經到了天馬行空、隨心所欲的程度。

比方說，名字是「月」，卻要唸成「月神」。

名字是「紅葉」，要唸成「楓葉」。

「一心」要唸成「純」，「翔馬」要唸「飛馬」。

只要稍微查一下，就會發現類似的情況不勝枚舉。

這簡直是在玩「看到○○，就會想到△△」的益智遊戲，或者是文字聯想遊戲，根本就是猜謎的境界。

這真的是徹底張開了想像的翅膀，只能用「自由」這兩個字來形容。

我對這件事並沒有任何特別的意見，既然允許這麼做，就必須由父母負起責任，為自己的孩子取一個最適合的名字。只不過姓氏的不自由，和名字的自由之間的失衡，有點太混亂了。

從名字的自由奔放可知，重點不在於漢字怎麼寫，而是在於要怎麼唸。

既然這樣，就覺得似乎有一個解決方法。比方說，雖然寫成「鈴木」，但是可以唸「佐藤」。

如此一來，即使在結婚之後，雖然不願意，但姓氏還是不得不改成「鈴木」的人，就可以對其他人說，「不對不對，『鈴木』這兩個字要唸「☆☆（婚前的姓氏）」」，就可以繼續沿用原來的姓氏。這個方法不行嗎？

不，恐怕真的不行，但是目前在名字上，這種方法大行其道。

那些反對選擇性夫妻別姓的人認為，一旦夫妻不同姓，有可能會破壞家人之間的感情和團結。

問題是，如果只要姓氏相同，就可以促進家人的感情，會不會想得太簡單了？

不久之前，看到岡山縣議會提出的意見書，說親子不同姓，可能會對小孩子的內心造成無可挽回的傷害，我也冒出滿頭問號，完全無法理解。

對小孩子的內心造成無可挽回的傷害？

假設有一對夫妻雖然同姓，但整天吵架，另一對夫妻雖然不同姓，但感情很好。小孩子和哪一對夫妻一起生活更幸福？

我忍不住想，日本始終無法建立健全的個人主義，這一定也是原因之一。

我去年也因為改姓氏的問題，深刻體會到這件事有多不方便。

名字代表了一個人，代表他的身分，所以因為結了婚這個理由，夫妻之中的某一方就必須改變姓氏這件事有點太霸道了。

不光是姓氏的問題，我認為這個世界上，應該允許各種不同的生活方式。

對我來說，無論和丈夫分居，或是和前夫住在一起，就只是距離的重點放在哪裡的問題而已，內在並沒有什麼不同。

夫妻完全可以有不同的姓氏，同性結婚，成為一家人也完全沒問題。

即使有血緣關係，如果父母、兄弟姊妹提出太不合理的要求，如果找不到其他解決方法，就只能斷絕關係。

重要的是，每個人要保持身心健康，幸福地走完自己的人生，因為和自己的生活方式、思考方式不同，就在各種問題上干涉他人，似乎不太妥當？

政府該做的，並不是用法律規範，而是用法律保障各種不同的人，都能夠擁有自由的生活方式。

去瀨戶內

三月二十五日

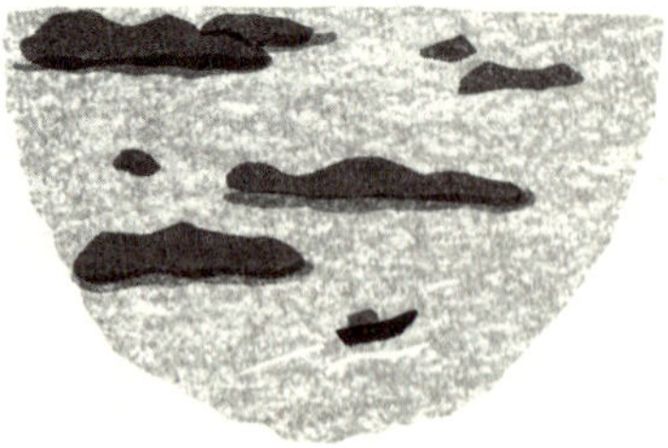

隔了這麼久，終於有機會整理行李，裝進行李箱了。

這一年期間，雖然曾經搭過新幹線，但從來沒有搭飛機在國內移動。

從柏林緊急回國至今已經一年了。

去年就預定了和建築家伊東豐雄大師的對談，這個活動將在本週末，在今治市舉行。

我配合活動的時間，決定今天就出發前往瀨戶內。

到底要搭新幹線還是飛機？我猶豫了很久，最後決定這次從羽田搭機前往廣島，然後再從廣島悠哉地前往瀨戶內的島嶼。

我原本打算騎腳踏車沿著島波海道，從尾道一路騎到今治，但是能夠在異地還車的腳踏車種類很少，只好放棄這個方案。

真希望可以像在歐洲一樣，騎著自家腳踏車四處旅行。

總之，今天和明天，我要自由自在地騎著腳踏車在瀨戶內走走看看，好好欣賞一下久違的美景。

天氣似乎也沒問題。

我要帶上很多喜愛的零食，出發上路。

我在生口島住的澡堂兼旅館很可愛。

大家酒莊

三月二十九日

二〇一七年三月，我第一次造訪大三島。

我得知建築家伊東豐雄大師在原本棄耕的檸檬園內種了葡萄苗，然後用種出來的葡萄釀造瀨戶內產的葡萄酒，作為振興大三島的項目之一，對此產生了興趣。

伊東大師說，大三島是日本最美的島嶼。

當時，我正在構思《獅子的點心》這部作品，剛好和成為故事背景的島嶼吻合，於是立刻前往採訪。

當時，大家酒莊的K先生帶我參觀了大三島，聽他介紹了當地的情況，也欣賞了美麗的風景。

當時看到的陽光和吃到的食物，都穿插在《獅子的點心》這部作品中。
所以，我剛好隔了四年，再訪大三島。
這次彷彿在感受「海野雫[4]」的心情，重溫島上的風景。
第一天，我從廣島的三原港搭船來到生口島。
我在生口島租了腳踏車，經過多多羅大橋，一路騎向大三島的大山祇神社。
上一次都是搭車四處參觀，而且因為第一次造訪，所以很多事情都搞不清楚，這次是騎腳踏車，而且前半段行程只有我一個人，可以隨時在喜歡的地方停下來充分欣賞。
每次看到美景，我就停好腳踏車，拍照，用力深呼吸，然後就是我的點心時間。
因為疫情的關係，在家裡悶了一整年，所到之處，都充分感受到自由的感覺。

4. 作者作品《獅子的點心》的主角。

沿著海邊的道路騎腳踏車，發現周圍的景色持續變化。

海面上浮著一座又一座島嶼的景象，是瀨戶內特有的景色，無論從哪個角度取景，都美得令人驚嘆。

嗅聞到久違的大海味道，感覺就像是一道生命濃縮而成的濃湯。

風很舒服，到處都是盛開的櫻花，海面閃著粼粼波光，我充分享受了最美好的時光。

尤其站在橋上眺望的大海和島嶼的景色，簡直美不勝收。

這一天，我投宿在一家附設澡堂的新建旅館，晚上去了附近商店街上的餐館，點了炸章魚雞蛋燴飯嘗鮮。

第二天，我又租了腳踏車，這次從生口島的瀨戶田騎到因島的土生港，然後在那裡搭船前往今治。

我真的很愛搭船。

當船上的船員向乘客收船票時，對身穿制服的高中生說：「放學啦。」也令人不禁會心一笑。

第三天，我和伊東豐雄大師在今治市民會館對談，之後再前往松山，參加了大家酒莊的葡萄酒品酒會。

相隔數年，終於又見到了K先生。

如果沒有K先生，我就無法創造出「田陽地[5]」這個角色。

大家酒莊釀造的葡萄酒實在太好喝了，我不禁感動不已。

不僅香氣十足，口感也很濃郁，說句心裡話，我很驚訝日本也可以釀造出這麼美味的葡萄酒！

我平時都盡可能喝日本的葡萄酒，現在的確有很多好喝的國產葡萄酒，但大家酒莊的葡萄酒，是我至今為止，喝過的國產葡萄酒中最喜歡的味道。

在道後溫泉的梅乃屋旅館吃了使用當地食材做的料理，美味也滲入了五臟六腑，無疑是幸福無比的時光。

大家酒莊正在募集果樹認養人，日後將會寄葡萄酒給認養人作為謝禮。

5. 作者作品《獅子的點心》的角色，為一位葡萄園的負責人。

我也當場申請成為認養人。

大家酒莊開始釀酒才不到五年，就已經釀造出這麼高品質的葡萄酒，未來太令人期待了。

我覺得瀨戶內葡萄酒走向世界也絕對不是夢想。

從建築的角度出發，為整個島嶼進行規劃，從整頓地面著手，開始在這片土地上釀造葡萄酒。伊東豐雄大師實際實現了這個偉大的故事，實在太了不起了。

我發自內心尊敬伊東豐雄大師。

我在這四天三夜充分享受了瀨戶內，帶著滿滿的能量回到了東京。

貼心記錄。

瀨戶內的美食。

在生口島吃的炸章魚雞蛋燴飯、新鮮海帶芽味噌湯、在今治吃的炸魚板飯、鮮榨椪柑果汁、白樂天的叉燒荷包蛋飯、松山道後溫泉梅乃屋旅館的餐點、涮鯛魚火鍋。

反正就是所有的東西都很好吃。

大三島的大家酒莊的詳細情況，請參考以下網站：
http://www.ohmishimawine.com/
也可以網購酒莊的葡萄酒。

考駕照

四月二日

昨天是考駕照的日子。

雖然我很不想昭告天下，但我考了兩次。

第一次在轉彎時，撞到了扣分桿，立刻就出局了。

明明之前練習時，從來沒有碰到過扣分桿。

補了一節課後，再次挑戰。

我之所以想要考駕照，是因為去年在八之岳買了一塊地。

雖然原本並沒有這樣的打算，但一切都在順其自然之下，變成了這樣。

我打算在那裡建一棟小木屋。

隨著年紀增長，想住在水和空氣都

很乾淨的地方。這種想法越來越強烈。

我希望可以看著窗外的美景寫故事。

我想走在泥土上。

還有從柏林寄回來的家具。

我一直在日本國內尋找無論氣候和文化都和柏林相近的地方，最後找到了八之岳山麓。

雖然那裡的氣候比柏林更嚴峻。

但是，我並不討厭寒冷的冬天。

因為這個原因，所以我無論如何都必須有駕照。

明年之後，我要經常在東京和八之岳兩地往返。

雖然可以搭電車到附近，但前往八之岳時，不是自己開車就很不方便。

從我買的土地出發，走路的距離就有漂亮的咖啡店和湖泊。

之前在柏林的生活，讓我愛上了湖泊。

我不住小木屋的時候，可以開放給一直很照顧我的編輯入住，成為他們的療養所。

日後，我還希望在旁邊建一棟只有夏季使用、讓藝術家可以專心投入創作的簡易三溫暖小屋。

當然，要先造好主屋再說。

目前正已經開始和設計師討論，著手執行這個計畫。

我對自己的人生很滿足，我可以很有自信地說，即使明天就走到生命的終點，也不會有任何遺憾，但問題是任何人都無法知道人生什麼時候結束，搞不好會是很久、很久以後。

這麼一想，就開始想要做一些以前沒有做過的事。

於是就靈光乍現。對了，我還沒有在山上住過，既然這樣，那就去住山上。

想要在山上生活，必須有充沛的體力和毅力，否則就很難撐下去。

既然這樣，現在就是最好的機會。

如果不現在開始，就來不及了。

只不過之前做夢也不會想到，活到這個年紀，還要去駕訓班學開車。
人生真的很難預料會發生什麼事。
昨天的路考終於低空飛過及格了。
太好了。
至少先鬆了一口氣。
接下來還要筆試。
那又是一場硬仗。

我深刻體會到，所謂自由，就是有更多選擇。
學會開車之後，我出門時，又多了一種選擇，自由度又增加了。
自由和義務是一體兩面。
在自由度增加的同時，也增加了必須安全行車的義務。

傍晚的時候，終於有機會帶百合去公園散步，發現河邊的櫻花開始凋零。

已是葉櫻的季節了。
紫藤花也開始綻放。
拜託拜託，讓我可以多感受一下宜人的春天。
今天早上，我拿下了三月的月曆，換上了四月的。
已經四月了。
希望疫情趕快遠離。
希望緬甸可以恢復平靜。

蘋果和橘子

四月十一日

目前是解放期，心飛到了外面的世界，盡可能充分吸收戶外的空氣（但是防疫並沒有鬆懈）。

在日文中，「開放」和「解放」的讀音相同，每次在選字時，都會稍微煩惱一下。

根據字典上的解釋——

「開放」就是打開門窗，取消不必要的禁制，任人自由出入。

「解放」則是解除束縛，讓人能夠自由行動。

雖然兩者的意思非常相近，但還是有微妙的差異。

我左思右想之後，認為還是「開

放」更貼切。

目前，我將心靈的窗戶開到最大，讓新鮮的風吹入心靈深處，讓風盡情地吹。

上週去了箱根和鎌倉。

我搭了終於修復的箱根登山鐵路前往旅館。

太厲害了，太厲害了。

山上的樹木冒著新芽，彷彿張開雙手，用力長高。

上山可以充分感受到地球在呼吸。

旅館的戶外溫泉很舒服，我把名著丟在一旁，只要一有時間，就讓手腳在浴池內自由伸展。

早上也都很早醒來，於是聽著鳥兒在周圍的樹梢上歡啼的聲音，舒服地泡澡。

我可以明確感受到，自己的身心都向外面的世界敞開。

和知心的女性朋友一起旅行很開心。

在鎌倉的第二天早晨，我終於吃到了久違的PARADISE ALLEY笑咪咪麵包。

無論箱根還是鎌倉，都是我深愛的地方。

我覺得這兩個地方的氣場都很好。

回顧最近的行動，發現和橘子很有緣。

在箱根時，看到了很多橘子樹。之前去瀨戶內時，那裡簡直就是橘子王國。

柑橘類那種強而有力的橘黃色，看了就令人心情振奮。

我深刻體會到，原來靠太平洋那一側是橘子的世界。

相較之下，靠日本海的那一側則屬於蘋果。

我想應該和日照時間之類的因素有關，但的確有分屬不同的世界，壁壘分明的感覺。

我從小在靠日本海那一側長大，所以橘子的耀眼有一種明亮、明朗的印象。

相較之下，蘋果則是屬於「家」的水果。

雖然蘋果、橘子我都愛，但是伸手拿橘子時，都會讓我產生一種好像在接觸外來食物的新鮮感，想必是因為我的童年風景中，缺少這種耀眼的感覺。

去箱根之前，我用瀨戶內的柑橘類做了橘子果凍。

第一次加了太多明膠，做得太硬，以失敗告終。第二次挑戰時，做出了富有彈性的理想果凍。

我每年差不多都會在家裡有很多柑橘類時，做一次橘子果凍。

有蜜甜，有微酸，還有淡淡的苦味，不同品種的橘子在嘴裡歡呼，感覺嘴裡充滿了陽光。

明天，我要出發前往石垣島。

真的很久沒去了。

石垣島不是橘子，也不是蘋果的世界。

如果非說出一種水果不可，也許是鳳梨？

終於可以見到姊姊和妹妹了，也可以見到妹妹的女兒！

百合目前正在練習戴墨鏡。

因為吸頂筒燈的關係。

百合平時的姿勢，好像隨時都抬頭看天花板，燈光剛好直擊牠的眼睛。

走向生命終點的方式

四月十四日

我很喜歡飛機起飛的瞬間。

機身騰空而起，轉眼之間，就離地面越來越遠。

下方的海浪宛如柔軟的皺褶起伏，船隻在海面留下長長的白色軌跡。

海面反射著粼粼波光，地面的現實世界彷彿漸漸變成了玩具、道具、模型之類的東西。

機身很快穿越雲層，不一會兒，就飛翔在雲層的上方。

前天，我在窗外看到富士山的身影時感動不已。

從天空中俯視，就連富士山也變得很渺小。

每次看到富士山，我都會有一點小得意——我曾經攀登過這座山的山頂。我很慶幸自己努力登上山頂。

但是，從空中俯瞰時，日本最高的富士山，也像是地球上被蟲子咬了一個包。

因為看了佐佐涼子的《生命盡頭（エンド・オブ・ライフ）》這本書，所以在飛機上，一直在思考「死亡」這件事。

那是關於臨終的報導文學作品，內容相當精采。

不同的人，走向生命終點的方式也各不相同。

有人結束的方式就像輕輕把抽屜關上，也有人像是把已經打開的抽屜更加用力拉開，最後整個抽屜都掉落在地上。

也有人甚至忘記自己打開了抽屜，然後抽屜沒關，就踏上了新的旅程。

即使自己安排了理想的臨終方式，但大部分人都無法如願，所以生命的最後一段路的確不好走。

即使如此，仍然可以進行想像訓練，所以我覺得看這類書籍，平時就思考、想像自己想要以什麼方式走向生命的終點，也許會有某種效果。

我覺得佐佐女士在這本書中提到的她爺爺走向生命終點的方式很美好，也很理想。

她的爺爺在生命的最後階段，主動拜訪自己生命中重要的人，不久之後，就與世長辭了。

我猜想他應該知道自己的死期。

當具備人類與生俱來的動物直覺生活，也許就會知道自己的死期。

這種走向生命終點的方式太美，我希望自己也能仿效。

如果我先看了這本書，也許就無法寫出《獅子的點心》這部作品，或者說根本不會寫。

在飛機降落之前，剛好看完了這本書，從窗戶往下看時，島嶼和陽光太美，讓我為之驚嘆。

我想像中的死亡，就像飛機的起飛。

我期待那一刻發生在轉眼之間。

然後回過神時，發現自己又返回了地面。

黑島觀光

四月十五日

我們搭早上的第一班船前往黑島。

智子和智子在五年前生下的女兒帆帆坐在我旁邊。

智子會做各種糕餅，我超愛她做的各種糕餅。

我擅自把她當成自己的妹妹。

前幾天，我才知道智了要帶女兒一起去石垣島。

我上次見到她，已經是她結婚、生孩子之前的事了，而且我也很久沒見到姊姊了。

我當然沒見過智子的女兒，所以如果我也去石垣島，就可以一口氣見到所有想見的人！那天晚上，我靈光乍現，隔天早上，就訂好了前往石垣島的機票。
然後就咻地飛到了石垣島。
被我稱為「小隻」的行李箱雖然很小，但裡面塞滿了伴手禮的德國麵包。

智子&帆帆母女第一次造訪石垣島。
我不知道是第四次還是第五次，記憶有點模糊了。
總之，能夠在石垣島見到姊姊、智子和帆帆，是最幸福的事。
雖然我最愛的邊銀食堂沒有營業，讓我有點失望。
因為受到疫情影響，這也是無可奈何的事。

一到黑島，立刻租了電動腳踏車，出發去海邊。
向腳踏車行的年輕人請教了當地人去的海灘，然後就立刻跳上腳踏車。
智子&帆帆母女第一次騎雙人腳踏車。
有一次，腳踏車差點翻掉，幸好帆帆踩穩，才沒有釀成大禍。

我們一路尖叫著，勉強鑽過岩石和岩石之間的縫隙，看到了一片美麗的大海！

上午的大海令人心曠神怡。

智子和帆帆直接跳進了海裡。

我先吃了從飯店帶來的早餐。

她們母女在海邊嬉戲的身影太美了，我一邊咬著三明治，一邊不停地為她們拍照。

很少有機會看到大海的顏色這麼美，這麼柔和。

吃完早餐，我也捲起了褲管踏浪。

我和帆帆牽著手，走在海邊。

從上空看黑島，會發現黑島呈心形。

這個南方島嶼上，牛比人更多。

我想起之前出版《鶴龜助產院》時，經常有人問我，書中那個南方島嶼原型，是不是黑島？

我和帆帆一起玩的時候，突然想到了這件事。

我恍然大悟，原來是黑島。

這裡太舒服了，很想一整天都在海邊玩，如果我一個人來這裡，絕對會這麼做，但是既然租了一整天的電動腳踏車，我們還是決定騎腳踏車在島上觀光。

放眼望去，這裡、那裡，到處都是牛、牛、牛。

原本以為智子沒有方向感，完全無法成為戰力！但中途發現好像騎錯路了，最後就交給智子查地圖。

我們時而參觀小學，時而在海岸撿石頭，然後又發現了野草莓，不時停下來東看看，西看看，心情愉快地騎著腳踏車在島上參觀。

雖然氣溫相當高，感覺有點熱，但經過枝葉茂密的樹林旁，空氣頓時變得涼爽。

突然聞到甜甜的香氣，抬頭一看，原來是月桃花。

中午之前，我們抵達了黑島研究所。

黑島是海龜產卵的島嶼，目前初春剛好是產卵季節。

我希望這輩子有機會親眼目睹海龜產卵。

我們其實也可以住在黑島，期待看到海龜產卵。雖然不知道是否能真的看到。

只不過因為不想帶太多行李，所以就決定從石垣當天來回。

我們三個人意見一致，都想看看海龜，於是就前往黑島研究所。

海龜真可愛。

太可愛了。

海龜雖然很可愛，但據說會咬人。

牠們在水裡自由自在地游來游去。

不知道以後有沒有機會看到海龜產卵。

那麼小的海龜就要游向大海！光是想像這個畫面，就快要哭了。

我們想要和一位住在黑島的女子見面。

我在黑島研究所的院子打電話給她。

她是智子的朋友的朋友，智子也沒見過她。

所以我和智子還在聊，如果能夠順利見到她，就太幸運了。沒想到，對方說要來接我們，我們可以坐在她的小貨車車斗上，讓她帶我們在島上四處走走。

哇噢！！！

太開心了。我們三個人超興奮。

十五分鐘後，她英姿颯爽地開著小貨車來接我們。她是一位很漂亮的女子，而且和我一樣，都穿了立陶宛的一個叫Jurate的小服裝品牌的洋裝。

天底下怎麼會有這種事。

我帶著興奮坐上了小貨車的車斗，先去蕎麥麵店吃了午餐。

我和她有很多共同點。

首先，她出生在宮城縣的仙台。

之後，她又搬去神戶生活，最後繼續南下，嫁到了黑島。

她很喜歡拉托維亞共和國和立陶宛等北歐文化，目前向國人介紹這些國家的手工藝作品，同時自己也投入編織工作。

我完全沒想到，竟然會在黑島遇見喜歡拉托維亞的東北人！

聽說人體的毛孔數量，從出生開始，一輩子都不會改變。
所以她和我一樣，都很怕熱。
也因為這個原因喜歡北歐，但她目前住在南方的島嶼。
人生真是太有趣了。
完全無法知道自己的人生中會發生什麼事。

她開車帶著我們在島上四處參觀的行程太棒了。
身體可以感受到風咻咻地吹，小貨車帶著我們穿越了植物的葉子形成的綠色隧道。
簡直就像在做夢。
真的可以擁有這麼幸福的時光嗎？
她也帶我們去參觀了她夫家的牧場。
剛出生的山羊簡直太可愛了。
她告訴我，要用雙手把山羊的前腿和後腿夾住後，再把牠抱起來。我按照這個方法試了一下，成功地抱起了小山羊。

小山羊比百合更輕、更柔軟。

我們還為牛梳了毛。

牛的眼睛真的好溫柔。

牧場內還有出生剛滿兩週的小貓，這是一個充滿愛和溫柔，無比出色的牧場。

最後，我們在傍晚五點五十分開船之前，充分享受了黑島觀光。

身穿櫻花色洋裝的她站在棧橋上，不停地揮手向我們道別，所以我們在船上也一直向她揮手，直到看不見她的身影。

當揮手道別結束之後，就開始吃她在我們出發前送的沖繩甜甜圈。

我認為人和人的相遇，是這個世界上最不可思議的事。

有緣的人，即使相隔千里，也會相遇；相反地，沒有緣分的人，即使在附近住了很多年，也會一直擦身而過。

能夠和有緣人相遇的人生充滿幸福。

今天在黑島的緣分，傳達了明確的訊息。
人生不可重來，不好好享受就虧大了！
我覺得這就是上天想要傳達給我的訊息。

鄰居

四月二十七日

有二必有三。

目前正在實施第三次緊急事態宣言。又進入了居家防疫的日子。一下子Stay（Stay Home），一下子Go（Go To Travel），總覺得自己好像變成了狗。汪汪。

我和小P在線上對飲。

她已經離開柏林，目前住在法國馬賽。我之前在柏林使用的大部分家具，都搬去了馬賽。

看到她客廳的淡紫色地毯，懷念之情油然而生。

我們以前是鄰居。

之前在柏林時，經常很輕鬆地提

議，三十分鐘後去妳家。

美雪也是我的鄰居，記得我們曾經約在我家的公園前，一起喝啤酒、看夕陽。

當時覺得一切都那麼理所當然，如今我們都離開了柏林。

甚至有人已經離開了這個地球，去了很遙遠、很遙遠的地方。

想當年，我們三個人在柏林口沫橫飛地聊一些無關緊要的事，如今回想起來，簡直就是奇蹟。

我和小P配合馬賽的午餐時間，和日本的晚餐時間乾了杯。

小P喝紅葡萄酒，我喝的是丹波酒莊的氣泡酒。

我們各自準備了下酒菜，天南地北聊不停，又吃又喝，放聲大笑。

好開心。

我深刻體會到，真的需要這樣的時間。

因為政府宣導避免非緊急狀況、非必要的外出，所以只能在住家附近活動一下。

每天帶百合出門散步，就成為理想的放鬆時間。

這一年期間，結交了很多能夠輕鬆打招呼的狗朋友。

有各種不同的狗。

去年疫情大流行時誕生的吉娃娃，因為在關鍵的幼犬時期很少有機會和其他狗接觸，所以在散步時遇到其他狗，也會感到害怕。

原來疫情不僅對人類造成了影響，連狗也受到了波及。

不久之前，遇到了四腿無力，已經無法自行走路的臘腸老狗。

百合最大的優點，就是無論遇到任何狗，都會搖著尾巴，主動友好地接近對方。

牠的社交能力很強，即使其他的狗對牠不理不睬，牠也絕不氣餒。

我很佩服牠個性這麼開朗，也很尊敬牠。

牠很少動怒，但如果對方太無禮（比方說，突然對著牠吠叫，想要威嚇牠的時候），牠就會發出超低沉的聲音表達「你這種態度也未免太沒禮貌」，每次都讓我嚇一跳，不知道是誰家的狗這麼兇。

百合的吼叫聲和牠的外型完全不符，每次都會嚇到我這個飼主。

幸好一年只會聽到一次牠發出這樣的叫聲。

百合在該動怒的時候，也毫不含糊。

回想起來，這一年的週末瑜伽課很認真。

也許瑜伽老師是我最常定期見面的人。

因為練瑜珈的關係，生活更有節奏感。

不知道我每天去的澡堂，會不會因為這次的緊急事態宣言受到影響。

如果這家澡堂關閉，對我影響甚大。

因為澡堂是我生活的綠洲。

今天，收到了從秋田寄來的芹菜。

產地直送的蔬菜果然讚，和超市賣的那種無精打采的芹菜完全不一樣。

我想大口吃芹菜，吃到撐為止。
今晚終於可以實現這個願望了。
今晚吃火鍋。
除了豬肉以外，蔬菜就只有芹菜和香菇。

山菜筆記

四月三十日

山形縣的山菜料理專門店出羽屋用宅配寄來了山菜。

紙箱中裝滿了各式各樣的山菜。

春天來了。

每一種山菜都用報紙包了起來，感覺好像是老家媽媽寄來的蔬菜，讓人嘴角忍不住上揚。

綠色莢果蕨在氽燙後，做成芝麻拌菜。

紅色莢果蕨氽燙後切細，加入核桃，做成豆腐泥涼拌菜。

只用橄欖油、醬油和柚子醋調味。

莢果蕨的口文正式名字叫「草蘇鐵」。

我記得以前去西表島時，在叢林中

看到了很像是莢果蕨的巨大植物。

聽到「蘇鐵」這個名字，我有一種恍然大悟的感覺。

莢果蕨的特徵，就是汆燙後會有黏汁，而且有一點泥土味。

莢果蕨含有豐富的β胡蘿蔔素和維他命E，有助於提升免疫力，所以我相信也有助於預防新冠肺炎。

一根土當歸有三種吃法。

首先，毛茸茸的外皮可以切細後，做成金平炒[6]。

嫩芽用來炸天婦羅。

莖部中心則是在水中煮至透明後，拌核桃味噌醬汁。

據說亞洲黑熊和羚羊很愛吃土當歸。

我第一次知道有夜衾草這種山菜。

新鮮度很重要。

據說葉子可以用來炸天婦羅，我決定切成細絲後，和石垣島的海蘊拌在一起後，炸天婦羅。

莖的中間有空洞，香氣濃郁，汆燙後，浸入醬汁調味後食用。
我從昨天晚上就已經浸入了醬汁。
山葵花汆燙一分鐘後切碎，沾醬油和味醂食用。
楤芽和漉油菜當然要炸天婦羅！
將刺五加嫩葉稍微汆燙後擰乾，拌入飯中，就是刺五加飯。
今晚來做飯糰。
しどけ[7]的正式名字是「紅葉傘」。
葉子是紅葉的形狀，但和毒草烏頭有點像，所以必須格外小心。
紅葉傘的特徵是略有苦味，我有點猶豫不決，不知道該汆燙後浸入醬汁，還是拿來炒蛋。
　到時候再看心情吧。

6. 日本常見的家常做法，將根莖類蔬菜切成細絲後，以醬油、砂糖、酒拌炒的小菜。
7. 此山菜名稱無對應漢字，正式名稱「紅葉傘」因其外形似楓葉而得名。

除此以外，還有豬牙花。

雖然也可以汆燙後浸入醬汁食用，但據說這是可以當作瀉藥的強效山菜，這次就用來鑑賞，插在花瓶裡。

豬牙花微微低頭的樣子很可愛。

我把茖蔥用橄欖油炒熟之後，加入波隆那肉醬，做了義大利麵，好吃得不得了。

今晚邀請了朋友岡頭夫婦＋黑豆（狗）來家裡作客。

這對夫妻最常吃我做的料理。

這一年期間，外食的次數減少了，邀請客人來家裡作客的機會增加了。

而且在家用餐，還可以喝酒。

我有預感，今晚將是一個美好的夜晚。

黑豆還是從頭到尾都追著百合的屁股跑。

大久保真紀女士

五月二日

每天早上看報紙時，都會尋找「大久保真紀」的名字，已經有相當長一段時間了。

無論是再小篇幅的報導，只要是大久保真紀女士所寫的，我都有白信可以找出來。

大久保女士是朝日新聞的記者。

她寫的報導就是和其他人的不一樣。

不知道該說是有溫度，還是有靈魂。

我身為文字工作者，很尊敬她，也覺得她很了不起。

大久保女士令我望塵莫及。

我追大久保女士寫的報導已經有很長一段時間。

虐待兒童、冤獄、對兒童的性暴力。

大久保女士隨時都能夠設身處地、將心比心地看問題，站在弱者的立場，代替他們發聲。

大久保女士真的是一位很出色的記者。

每次看了大久保女士寫的署名報導深受感動之後，就很想以讀者的身分寫信給她，但最後還是覺得很害羞，遲遲沒有付諸行動。

但是，前年秋天，朝日新聞社舉辦《獅子的點心》的對談活動時，我鼓起勇氣，提筆寫信給大久保女士。

我經常因為收到讀者寫給我的信，而受到莫大的鼓勵。

我只希望能夠向大久保女士傳達自己的心意。

大久保真紀女士這次獲得了日本記者俱樂部獎。

這真的是一件很厲害的事。

筑紫哲也先生和島越俊太郎先生也曾經獲得這個獎項。

我得知這個消息後樂不可支，簡直就像是自己得了獎。

今天的朝日新聞中，有大久保女士編輯的特集報導。

其中也有我受邀寫的文章。

簡直讓我受寵若驚。

如果有機會，請各位展讀。

也可以在電子報上看到相關文章。

http://digital.asahi.com/article/ASP4W7FBCP4NUTIL018.html

以前讀國中時，曾經有一段時間，希望以後可以成為報社記者。

但是，見識了像大久保女士這樣偉大的報社記者之後，我可以斷言，自己絕對做不到。

大久保女士是溫柔奮戰的人。

希望她日後也能夠繼續奮戰。

植物的力量

五月七日

媽媽的妹妹恭子阿姨從山形寄了山菜給我。

漉油菜、楤芽、莢果蕨、土當歸、艾麻，還有白米粽。

最令我高興的就是同時寄來的照片。裝在信封中的照片是櫻花樹。

我是一個已經沒有老家的人。

我出生、長大的家已經夷為平地，目前變成了停車場。

我的老家也是阿姨的老家。

比起我，阿姨可能對老家有更豐富的回憶。

老家有一棵每年春天就會盛開的櫻花樹。

我以前經常在那棵樹下扮家家酒。

每次有金魚或是小鳥死了，我就會把牠們埋在櫻花樹下悼念。

在我離家之後，媽媽每年會在天氣還很寒冷時，就鋸下一段櫻花樹枝，用報紙包起後寄給我。

把櫻花樹枝插在暖和的地方，原本堅硬的花苞會漸漸膨脹，搶先綻放花朵。

雖然老家被拆除是無可奈何的事，但連那棵櫻花樹也砍掉，令我很傷心。

所以，每次去山形旅行，經過以前老家房子所在的地方時，總是盡可能別過頭不看。

阿姨似乎也和我一樣。

她曾經對我說：「因為會難過，所以我都不去。」

所以我和阿姨都不知道，其實那棵櫻花樹並沒有砍掉。

照片上就是老家的櫻花樹，是和我同年的表哥在今年春天拍的。

植物太厲害了。

那棵櫻花樹盡情地向天空伸展枝葉，好像在說，老家那棟房子拆除後，周圍清靜多了。

比我記憶中的櫻花樹長高了很多。

恣意生長的櫻花開到了石牆外。

「還長了另一棵樹，妳有沒有看到？」阿姨在電話中問我。

經阿姨的提醒，我發現櫻花樹後方的確可以看到斜斜的樹幹。

「那是枇杷樹，以前不是經常把廚餘丟在那裡嗎？好像是丟在那裡的枇杷籽發了芽，生了根。」

我想起來，老家的確還有枇杷樹和柿子樹。

枇杷樹和柿子樹都在拆房子時一起砍掉了。

但是，即使原本的枇杷樹已經不在了，生命仍然在延續。

我和阿姨在通電話時淚流不止。

我希望以後有一天，能夠和阿姨一起去看盛開的櫻花。

我猜想阿姨這一年都沒有出門。

阿姨之前就因為病倒在家，很少出門，疫情讓她更加無法出門了。

我從阿姨的聲音中，可以感受到疫情對她的影響，所以不禁難過不已。

雖然媽媽已經去世，但我也因此和阿姨再次保持聯絡，老家的房子雖然已經拆除了，但櫻花樹今年也盛開。

我覺得這樣很好。

這個世界上沒有永遠。

我看著三張櫻花樹的照片，坦然接受了。

對了，奧運還是要舉行嗎？

新冠疫情讓這麼多人叫苦連天，連日常生活都無法正常進行，我實在無法認為在這種情況下舉辦奧運是明智的判斷。

七十七天後要舉辦奧運？？？不可能，日本全國團結一心就能夠辦到嗎？

難道真心認為只要全國人民團結一致對抗敵人，因為我們是特別的國民，所以會有神風吹走新冠肺炎嗎？

這不就和將近八十年前，日本犯下愚蠢錯誤的時代沒什麼兩樣嗎？至今都完全沒有長進嗎？

太可怕了，我都不知道該說什麼了。

希望政府能夠努力做好目前該做的事，然後冷靜地作出正確的判斷。越是拖延作決定的時間，就會因此付出更大的代價。

舉辦奧運是為了誰？

聽著阿姨在電話彼端無力的聲音，我無法克制內心的憤怒。很希望決策者能夠果斷地作出英明的決定。

我把之前收到的芹菜的根放在裝了水的料理碗中，然後放在陽台上，結果長出了可愛的嫩芽。

手工藝週

五月九日

這個週末，我連續兩天都去練瑜伽。除了練瑜伽，根本沒有其他地方可去。澡堂也因為發布了緊急事態宣言而關閉了。

在家裡的時間很長，所以開始做各種手工藝。

我完全不認為任何東西都要自己動手做，基本上認為術業有專攻，但是在味噌的問題上，我認為自己做的拿手味噌無人能及。

最近，我經常使用京都舞鶴的一家名叫大阪屋的麴屋賣的生麴。

這家店的生麴香氣十足，可以做出很棒的味噌。

這一次，我也同時訂了酒醪組合。
將豆麴、麥麴和米麴充分混合，加入醬油和味醂，在常溫下發酵，就可以完成。
半年前，我吃到了山形產的超好吃酒醪味噌，於是很想來挑戰一下。
我也不知道自己為什麼每次使用麴的時候，就會覺得幸福無比，但是每次心情都很平靜。
尤其是目前的季節，打開窗戶，一邊感受著宜人的風，一邊作業最理想。
至於味噌，我已經使用之前去石垣島時買的米原海鹽醃好了。
可以使用各種不同的鹽醃味噌，也是手工味噌的妙處。
除了味噌以外，我現在又開始挑戰做肥皂。
想要在日本買沒有添加化學成分的好肥皂，價格不便宜。
每次都從德國訂我喜歡的肥皂寄來日本，似乎也有點那個，所以繼自己動手做味噌之後，我又開始做肥皂。
沒想到做肥皂的難度很高，我為此發愁。

做肥皂時，需要用鹼性物質才能讓油水混合，我看了手工肥皂的配方，幾乎都由「氫氧化鈉」發揮這個功能。

但是氫氧化鈉是危險物品，無法輕易買到。

我從昨天開始，就跑了好幾家藥局，但是都沒有賣。

在購買時，還需要出示身分證和印鑑，在使用時必須特別小心。

我以前完全不知道，做肥皂竟然需要使用這麼危險的物品。

自己在使用時，感覺也很可怕，所以我試著摸索有沒有其他替代方案，但不知道是否真的有這種方法。

今天天氣太好了，星期天做了瑜伽後，整個人都超放鬆，所以大白天就開始喝啤酒。

啤酒的季節來了。

我最近很愛月山啤酒。

月山啤酒有兩款，分別是皮爾森啤酒和慕尼黑啤酒，兩款都好喝。

以後不需要特地喝德國的啤酒了。

寫到這裡，我想起一件事。
我在做香蕉冰淇淋。
必須趕快攪拌！

陽傘的季節

五月十七日

不久之前，才為春天來了感到欣喜，沒想到今天已是梅雨天空。

我剛才騎腳踏車去藥局，空氣很潮濕。風很大，為了不讓帽子被風吹走，我只能一邊騎腳踏車，一邊拚命用手壓住帽子。

關東地區未來幾天，都一直是下雨的符號。

梅子越長越大，從枝頭落下的小梅子，掉在地上都爛了。

我看到這一幕，想起差不多該做梅乾了。

於是回到家後，馬上訂購了梅子。

去年訂得太晚，沒買到小顆的梅子。

今年無論如何都要醃小梅子的梅乾。

我買了新的陽傘。

因為我對陽光過敏，所以陽傘是我的必需品。

雖然帽子也可以在某種程度上遮陽，但是陽傘更安心。

我不只夏天，冬天也離不開陽傘。

回想起來，至今為止，我使用過很多陽傘。

使用過幾把不同類型的陽傘後，我現在都用男用陽傘。

而且是晴雨兩用。

從結論來說，這款陽傘最好用。

首先，女用的陽傘太小了。

我有一支女用的晴雨兩用傘，雖然可以遮陽，但是一旦下起了雨，能夠保護我的面積太小了。

如果用這把傘，一旦下雨，很可能會被淋成落湯雞。

想要買陽傘，大力推薦買晴雨兩用傘。

在目前這個季節，很容易突然下雨，但雨下了一陣子，很快又雨過天青，天氣變化莫測。

遇到這種天氣，不可能同時帶陽傘和雨傘出門，既然這樣，買晴天雨天都可以使用的傘當然是更聰明的選擇。

而且，一傘兩用，還可以節省收納空間。

最近，也有不少感覺很不錯的男用陽傘。

男人走在烈日下，也要撐陽傘保護自己，希望男士不要再抱有「女人才會用陽傘」這種成見，大方地使用陽傘。

撐起陽傘，感覺頓時涼了好幾度。

我認為男人身穿西裝，撐著陽傘走在街頭的颯爽英姿很帥氣。

我這次挑選了一把鮮豔的藍色陽傘。

正面是麻質布料，背面有防水布，外面下再大的雨，也不必擔心漏水。

我昨天出門時馬上就用了，超滿足。

如果有人打算買陽傘，請務必試一下男用晴雨兩用傘。

友情

五月二十六日

我很喜歡一位女性朋友。

她是某家餐廳的老闆。

她對餐廳的事、料理的事向來都很認真，也努力思考如何改進。

我很喜歡她對人生的態度，很羨慕她幽默和務實兼具的性格，內心對她產生了好感，於是漸漸和她拉近了距離。

我也想要像她那樣生活。她是我心目中理想的女人。

我曾經和她通了幾次信。

之前住在柏林時，每次在信箱中發現她的信，都會令我欣喜若狂。

我每次都無法立刻回信給她，都要等充分醞釀情緒之後，才終於提筆。

我打算慢慢縮短和她之間的距離，逐漸培育和她之間的友情。

我確信，我和她之間一定能夠建立很美好的關係。

我相信她也有同感。

但是，她的肉體離開了這個世界。

前幾天，我從別人口中，得知了這個消息。

她比我還年輕。

聽說她的餐廳，也即將結束營業。

我想要追尋她留下的身影，於是日前造訪了她的餐廳。

乍看之下，似乎沒有任何改變，但是我發現少了她身影的餐廳，靈魂似乎不見了，令人感到不安，總之，和以前的感覺不一樣了。

原本我還以為，我們日後會成為好朋友。

我覺得她狠狠甩了我一巴掌，讓我瞭解到自己的想法多麼天真。

早知道不要怕難為情，指望順其自然地逐漸建立友情，而是應該心動馬上行動，把內心的想法說出來。

不久之前，我在她曾經生活的地方，和大學同學重逢。

我和那位大學同學在學生時代並沒有特別要好，但是我記得她的名字和長相。

幾年前，我舉辦簽書會時，她曾特地來參加。

這次見面時，我們喝著紅茶，聊了很多事。

之後，我們撐著傘在附近散步。

這無疑是已經離開這個世界的她推了我一把。

如果拖拖拉拉，就會讓難得的緣分成為泡影。

雖然經營餐廳的她和我的大學同學完全沒有關係，但是她們在我的內心建立了密切的連結。

在我出門期間，別人送我的玫瑰花都凋零了。

看到凋零的玫瑰花，我又想起了她。
也許人生比我們想像中更加、更加短暫。
真希望能夠和她聊很多事，和她一起歡笑、痛哭，一起憤怒，內心的這種後悔應該一輩子都不會消失。
但是，從今以後，如果遇到自己喜歡的人，我會主動去和對方見面。

今天晚上有月全蝕。
一個小時後就會開始。
不知道能不能看到？我好想看！！！
希望雲層消失，讓我能夠看到月亮。

發揮耐心

五月二十七日

昨天晚上，很可惜只看到後半段的月全蝕。

我配合月全蝕的時間外出，發現左鄰右舍紛紛出了門，抬頭看著天空，就好像在等待煙火大會開始，街頭的景象令人懷念。

說到煙火大會，不知道今年有辦法舉行煙火大會嗎？

煙火大會停止舉辦，卻無論如何都要舉辦奧運和帕運嗎？

想到那些參賽選手，當然很希望奧運和帕運能夠舉辦。

但是，我個人認為目前從縱觀全局的角度進行判斷，才是明智的態度。

今天下了一整天的雨。

因為正在實施緊急事態宣言，所以我平時去的澡堂關閉。原本就已經夠無聊了，這下子連帶百合去散步也不行了。

無奈之下，我只好拿出昨天晚上，我出門去看日全蝕時，從蔬菜自動販賣機買回來的山椒，浸泡在醬油中。

已經是山椒結果的季節了。

我的記憶有點模糊，隱約記得去年的時間好像更晚。

更令我震驚的是，青梅也出現在蔬菜自動販賣機內。

五月就出現梅子了。

今年，櫻花提早盛開，令我感到驚訝，季節變幻的節奏似乎亂了。

我一邊聽著最喜歡的Hanaregumi的音樂，一邊醃山椒。

晚餐後，雨勢稍微小了些，「趕快趁現在出門！」我立刻把握機會，帶著百合出門散步。

雖然我知道這樣不太好，但我帶百合散步時，總是配合牠的心情。只要牠想要往左，我就帶牠往左；如果牠不想往左，我就帶牠往右。百合遇到自己不想走的路，完全不願意邁開步伐。

許多飼主都禁止自己的愛犬在地上打滾，我也完全不阻止牠。因為牠是狗啊。

但是，下雨的日子，或是天黑後出門散步時，就無法讓牠隨心所欲，每次都和牠大眼瞪小眼。

今天散步時，每次來到轉彎的地方，百合想要往左走，我卻想帶牠往右走，我們一直發生衝突。

因為雨勢又變大，而且天色更暗了，我想走捷徑回家。

我想買雞蛋，所以去了自動販賣機，發現又有山椒的果實。

一袋三百圓，我買了三袋。

這是明天的功課。

又要埋頭做手工活了。

我並不討厭這種需要發揮耐心，一點一點慢慢做的手工活。

只不過現在做這些事，都必須戴上眼鏡。

我打算下週來醃蕎頭。

成見

五月三十一日

很想去上久違的茶道課。

二十多歲和三十多歲時，都曾經去茶道教室上過茶道課，但是專職投入寫作工作之後，一方面是因為時間不容易配合，所以後來就沒再去上課。

這是我回到日本之後，最先想做的事情之一，沒想到因為疫情的影響，遲遲都無法實現。

還有一個很重要的問題，就是如何找到適合自己的教室和老師。

我希望能夠悠閒地學習茶道。

我對於代表具備茶道修習資格的茶名沒有興趣，學習茶道的目的，只是希望在茶室喝抹茶，享受時間緩慢的流動，所以也並不打算在茶道方面花太多錢。

也就是說，我喝茶、點茶的目的，只是為了放鬆心情。

如果有老師願意接受這種態度的學生，我願意向老師學藝。

日前因為一個偶然的機會，找到一間我覺得「這裡可能不錯」的教室。

雖然教室位在東京的另一端，但是每個月，帶著小旅行的悠閒心情出門也不錯。

最吸引我的地方，就是那間教室在上課時會使用舊的茶具。

我立刻聯絡了老師，決定先去參觀一下。

難得穿上了和服。

雖然目前還是五月，但即將邁入六月，於是我穿了單層和服。

然後繫了一條很久以前買的古董和服腰帶。

沒想到三兩下就穿好了，連我自己都很驚訝。

在準備道具的途中，我發現自己沒有白色足袋，頓時驚慌起來。

目前百貨公司沒有營業，於是我立刻打電話去和服店，確認是否有白色足袋的庫存。

雖然有點擔心會下雨，但我還是穿上了好走的藺草和服鞋，就出發去上課了。

我當然帶上了晴雨兩用傘。

搭公車轉電車，然後又轉另一班電車，中途先去買了白色足袋，然後繼續搭電車、電車和電車。

雖然還有更輕鬆的路線，但因為我想極力避開澀谷和新宿，所以選擇全程搭地鐵。

星期天，地鐵果然沒什麼人。

我滿身大汗，好不容易來到了上課地點的畫廊前。

照理說應該有營業的畫廊竟然大門深鎖。

咦？我記錯日期了嗎？

但是，確認之後，發現並沒有搞錯。

所以是因為緊急事態宣言延長，茶道課也臨時停課了嗎？

我站在房子前打量片刻，沒有人出現，也沒有人出來。

按了門鈴，也完全沒有回應。

無奈之下，只好沿著原路打道回府。

既然難得穿和服出門，於是我改去之前一直想去，但還沒有成行的印傳店。所謂印傳，就是在鞣製過的羊皮或鹿皮等皮革上，用天然漆料，畫出花紋圖案的皮製工藝品。

我在印傳店內逛了一圈，什麼都沒買，原本打算吃冰冰的紅豆寒天再回家，最後還是忍住，直接回家了。

一回到家，以最快的速度解開腰帶，脫下和服，換上了居家服，然後從冰箱裡拿出啤酒。

啊，好喝。

太享受了。

流了滿身汗，擺脫和服束縛後的啤酒格外好喝。

卡滋卡滋地咬著仙貝配啤酒。

幾個小時後，接到了老師的電子郵件。

電子郵件的主旨是「對不起」。

原來茶道課有按照原定計畫上課。

但是，在上課時，會將大門關起，要從旁邊的側門出入。

雖然我有看到那道門，但沒有勇氣推開。

我當時認定絕對是停課。

我經常犯這種錯誤。

我八成，不，我絕對是成見很深的人。

雖然明知道這樣不行，但還是無法改掉這個毛病。

只不過也因為這樣的陰錯陽差，我喝到了美味的啤酒，在和老師通電子郵件的過程中，也稍微瞭解了老師的性格。

九月的時候要再去參觀，到時候要事先充分確認。
話說回來，有機會繫這條腰帶出門，還是很高興。
我不久之前，才拿去乾洗店送洗，所以繫在身上心情很好。
那是很久以前的古董腰帶，它的色調等，都是現在的腰帶很難呈現的味道。
每逢梅雨季，我就很想繫這條腰帶。

小梅子

六月二日

雖然不至於到夜以繼日的程度，但這幾天，我的確整天都忙著做梅乾。

今年我摩拳擦掌，訂了五公斤的小梅子。

不知道是不是季節交替的時間提早了，小梅子很快就送到，我從五月就開始忙「梅事」了。

小梅子很小巧可愛。

我的做法是分成一公斤後逐批醃製，先挑選散發出梅子香氣，帶有淡淡黃色的梅子，洗乾淨後晾乾，然後挑掉梅子的蒂頭。

但是這項作業很辛苦。

因為同樣是一公斤，一公斤大梅子和一公斤小梅子的數量相差很多。
如果是小梅子，數量當然比較多。
這是俗稱「清肚臍屎」的作業。
拿起每一顆小梅子，用牙籤等剔除小梅子的肚臍屎。
這真的是慢工出細活的作業。
小梅子的顏色、形狀和大小都不一樣，真的非常可愛。
我在為它們清肚臍屎時，就像是在向每一顆梅子打招呼。
小梅子的蒂頭真的很像是肚臍屎。
搞不好真的就是梅子的肚臍屎！？！

我數了一下，一公斤小梅子到底有幾顆，結果是兩百六十五顆。
五公斤的小梅子就是五倍，用簡單的方式計算，就是一千三百二十五顆。
我要為一千三百顆小梅子清肚臍屎。
但是，有超過一千顆小梅子，就太安心了。

即使每天吃一顆梅乾，仍然還有剩。

清完肚臍屎後，就加入鹽巴，放在夾鏈袋內。

經過一整天後，就會滲出梅醋。

順利，很順利。

我重複了五次這樣的作業，今年「梅事」的前半場順利完成了。

接下來打算用大梅子來做可以款待客人的梅乾。

完成梅事，去了久違的澡堂。

泡澡就應該來澡堂才夠味！

我和很久沒有見面的澡友相互說著，澡堂重新開張真是太好了。

雖然我無意把之前沒泡的澡都補回來，但是當我回過神時，發現自己泡了很長時間。

看著天空泡澡，簡直是人間享受！

手工皂工房

六月十七日

起初是因為經常在傍晚前往的澡堂因為緊急事態宣言暫停營業。

因為每天都閒來無事，於是決定來做手工皂。

幸運的是，附近有一位鄰居開了一間手工皂教室，所以教了我做手工皂的方法。

做手工皂和做糕餅很像。

無論必須精準地秤重材料的分量，還是材料的溫度是重要的關鍵這點，以及都會使用料理碗、攪拌器等道具，兩者有很多共同點。

之前遇到的瓶頸是購買氫氧化鈉，在手工皂教室老師的指點下，我也順利在附近的藥局買到了。

將氫氧化鈉、油和水混合後，要不停地攪拌，攪拌到在皂液上寫字可以留下痕跡的程度，也就是稱為trace的狀態。這個步驟很吃力。我第一次自己做手工皂時，攪拌了一個小時，都完全無法達到這種狀態，我終於吃不消，放下了手持打蛋器，拿出了家裡的電動攪拌器。

改用電動攪拌器是正確的決定。

我用手持打蛋器攪拌時，皂液幾乎沒什麼變化，使用了電動攪拌器，不到數十秒鐘，就達到了trace狀態。

家裡有一台閒置的電動攪拌器，所以剛剛好。

我在夏天用的手工皂中，加了清爽的薄荷和茶樹之類的精油增加香氣，可以做自己喜歡的肥皂太令人高興了。

最近，除了肥皂以外，我還自己動手做化妝水和護唇膏。

而且實際做了之後，發現簡單得讓人驚訝，覺得自己之前花大錢買有機化妝水和護唇膏，簡直就是冤大頭。

點蠟燭剩下的蜂蠟，或是忘了喝的花茶，還有放在冰箱內凝固的椰子油等，都可以用來製作手工化妝品。

我把之前一直沒有機會使用的玫瑰精油加鹽之後，就做成了磨砂膏。

只要發揮創意動動腦，就可以變出很多花樣。

洗澡時間越來越好玩了。

今天晚一點，我也打算做手工皂。

我要用排毒效果理想的葵花油，做帶有肉桂香氣的肥皂。

但是，做皂之前，要先看「大豆田永久子」的連續劇！

我從倒數第二集開始看，一看就迷上，現在正從第一集開始追這齣劇。

雖然覺得一口氣看完最後一集很可惜，但另一個自己又很想趕快看結局。

劇中有很多情節都戳中了我，簡直就像是在我的生活中裝了監視器，我徹底投降了。

有時候會看到忍不住一口氣看完的電視劇。

我打算接下來要追《喜劇開場》。

姬百合

六月二十一日

梅雨季節期間，難得放晴的日子，我搬出家中所有的瀝水籃，在陽台上晾梅子。

今天是第二天。

可愛的小梅子正茁壯成長，即將成為梅乾。

週末的時候，我去看了《姬百合》。

這是一部紀錄片，採訪了沖繩地面戰時，被政府強制動員上戰場的姬百合學徒隊中二十二名生還者的內容。

兩百二十二名十五歲到十九歲的少女被送上戰場，在陸軍醫院等從事護理工作。

超過一半的一百三十六名少女，都在戰場上失去了生命。

二〇〇六年，拍攝完成了這部紀錄片，至今仍然每年都在沖繩地面戰的組織性戰鬥結束的六月二十三日「慰靈日」當天，在電影院上映。

我第一天去的時候，看到有很多年輕人也去看。

整部紀錄片由第一部、第二部和第三部構成，光足看第一部，內容就已經讓人感到心驚肉跳，我猜想第二部和第三部，能夠更清楚地瞭解那場戰爭的實際狀況。

在被敵人包圍的狀況下，那些少女聽到解散的命令，個個感到不知所措。

即使倖存的人，也在十幾歲時，就親眼目睹了士兵死亡的悲慘樣子，體會了和好朋友無情的生離死別。

當年的確做了很愚蠢的事。我忍不住在內心產生了寧靜的憤怒。

紀錄片上映後，柴田昌平導演的談話很精采。

那些出面作證的人，身影的確都很美。

她們曾經經歷了如此痛苦的經驗，內心卻沒有仇恨。這件事令我印象深刻。
她們只是一心為和平祈禱。
我認為她們背負了那些年紀還很輕，就不幸失去生命的人的使命，繼續活在這個世界上。
我可以隔著螢幕，感受到她們的這種決心。

今天是夏至。
夏至是一年之中，白天的時間最長的日子。
但是反過來說，明天之後，季節的腳步又要漸漸邁向冬季了。
日子一天又一天過去，一年已經過了一半。
後天是百合的生日。
牠七歲了。

今年春天，在石垣島看到的百合花很美。

超簡單熱壓三明治

七月六日

整天都在下雨、下雨、下雨、下雨，雖然男用晴雨兩用傘大顯神威，梅乾還要最後在日光下曝曬一次，卻遲遲無法如願。

接下來這個星期，如果天氣再不放晴，我的日程安排就會出現小問題，但天氣預報還是一整排的雨傘符號。

之前我的早午餐很少吃麵包，但最近出現的頻率有點增加。

因為我發現可以輕鬆完成在報紙上，用很小篇幅介紹的簡易熱壓三明治，而且也很好吃。

真的超簡單。

首先用平底鍋炒蛋。

然後把炒蛋和火腿夾在吐司麵包中，再放回平底鍋，雙面煎一下就完成了。
重點在於在煎吐司麵包時，各放一小片奶油在麵包下方。
於是就可以煎出金黃色的吐司。
煎麵包時要用小火。
因為很容易煎焦，這一點要格外小心。

我之前一直以為，需要使用專用的熱壓三明治機，才能做出熱壓三明治，沒想到這麼簡單就可以完成。
報紙所介紹的食譜中，除了雞蛋和火腿，還加了蘆筍，我也曾經試了一次，的確很好吃，但即使沒有蘆筍也完全沒影響。
其實只使用雞蛋的更簡易版本也不錯。

下午的時候，我看了之前錄下來的《獅子的點心》第二集。
土村芳小姐的演技很精湛。

鈴木京香小姐所飾演的瑪丹娜很有魅力，狩野姊妹也很傳神。
我很在意扮演六花這個角色的狗狗。
那顆爆炸頭完全是典型的比熊犬，還有嘴巴周圍髒髒的，以及毛躁的感覺，很多場景都讓我忍不住連連點頭。
不知道那隻狗狗是怎麼去了八丈島？
不知道有沒有給牠獎勵的點心？
瀨戶內的風景很平靜，也很棒，但我還想去八丈島。

看完連續劇後，我為百合修剪了毛髮。
自從疫情爆發之後，我都自己在家裡為牠剪毛。
因為我不會擠肛門腺，所以都會帶去寵物醫院處理，至於毛髮，只要稍微變長，我就自己幫牠修剪。
每次為牠修剪毛髮時，我都想像嚕嚕米的樣子。
除了頭部和尾巴以外，其他基本上都會用理髮器理得很短。

因為如果我問百合：

「你想要髮型很可愛，變得很漂亮，還是想要吃好吃的？」

牠絕對會回答是後者。

也就是說，我向牠提議，把原本要帶牠去給寵物美容師修剪毛髮省下來的錢，買好吃的飼料給牠。

雖然我為牠修剪的毛髮歪歪扭扭，一看就知道是自己剪的，但是可以同時減少百合的精神負擔，和我的經濟負擔，所以我暫時會繼續採用這種方式。

我在為百合剪毛時，一直在聽樂團Minyo Crusaders的歌。

最近整天都在聽他們的歌。

我已經完全迷上了。

他們的現場演唱會一定很熱鬧。好想去聽。

希望能夠早日享受這樣的美好時光。

穿山甲

七月十五日

我記得好像是前天，在報紙上看到法國政府曾經徵詢日本政府，是否願意在二〇二四年共同舉辦奧運的新聞。

也就是說，東京奧運要再延後三年，屆時由巴黎和東京這兩個城市一起舉辦奧運。

如果這個消息屬實，為什麼沒有讓國民充分討論，就暗中處理了這件事？

三年之後，疫情很可能已經見到平息的曙光，而且巴黎和東京共同舉辦奧運，是一種新的嘗試，也許可以成為摸索奧運日後樣貌的契機。

無論最後是否會實現，既然法國政府向日本政府徵詢，很希望政府能夠昭告大眾。我內心為此感到遺憾。

我至今仍然對在目前的狀況下，要堅持舉辦奧運感到不解，但距離開幕只剩下八天了。

簡直難以置信。

目前正在看的這本書上，頻繁提到了「穿山甲」。

看這本書之前，我完全不知道，原來穿山甲這種動物，是世界上非法交易數量最多的動物。

穿山甲是鱗甲目，穿山甲科的哺乳類動物，在東南亞有四種，非洲也有四種。

尤其是東南亞的四種穿山甲遭到濫捕，用來製作藥材、春藥和食物，所以數量急速減少。

其中，中華穿山甲和馬來穿山甲已經瀕臨絕種的危機。

由於亞洲的穿山甲數量稀少，所以非洲的穿山甲數量也開始明顯減少。

人類的慾望到底有沒有止境？

聽說日本也有販售穿山甲製品。

我立刻上網查了一下，發現穿山甲真的是很美的動物。

穿山甲全身都被漂亮的鱗片覆蓋。

那是上天的禮物，人類絕對無法製造出這麼美的東西。

之前去鎌倉參加愛努族布料展示會時，學會了一句很美的愛努話。

「這個世界上，所有的一切都背負了天國的使命。」

我完全同意。

正因為如此，我覺得人類不能忘記對自己生命的感謝，更不能因為自己的快樂和為了賺錢，剝奪其他動物的生命。

無論是新冠疫情還是氣候變遷，都是因為人類的慾望，最後反而害到了自己。

二〇一〇年，在溫哥華冬季奧運期間，有業者找來一百頭哈士奇犬，為遊客拉觀光雪橇，但是在奧運結束之後，因為不再需要，就殺害了所有的哈士奇犬。

一個星期後，東京就要舉辦奧運。

各項比賽幾乎沒有觀眾，就代表新的比賽場地所建的觀眾席都浪費了。

追根究柢，是否爭取舉辦奧運的決策，是我們透過選舉選出的政治人物決定的，所以，每個人都必須珍惜自己寶貴的一票。

在目前的情況之下，幾乎無法「款．待」從外國來參加奧運的賓客，即使日本隊表現活躍，獲得很多金牌，也會讓人對比賽是否公平心生疑問，不知道全世界會如何看待。

昨天開始，就聽到了蟬鳴。

傍晚去澡堂的時間，是我唯一的快樂。

這個夏天，我也會勤快地騎腳踏車上澡堂。

積架

七月二十三日

最近，我都會一大早出門散步。

早晨起床後，立刻為百合繫上狗鍊，帶牠出門散步。

早晨散步很舒服。

氣溫不會太高，不時吹來涼風，百合的步伐也很輕盈，在路上蹦蹦跳跳。

夏日的早晨格外舒暢。打開遮雨窗的聲音、電視（通常都是ＮＨＫ）主播的聲音、咖啡的香氣，和家人之間的對話，可以聽到各種聲音，嗅聞到各種氣味。

前幾天，被百合的狗鍊牽著走，走進了河邊的一條小路，忍不住停下了腳步。

因為我看到有一輛超帥氣的車子。

自從考上駕照之後，我就開始注意

別人開的車子。

每次在路上看到漂亮的車子經過，都會目送車子的背影，確認是什麼車款。

那輛車子的外形很典型，淺灰色中帶有一抹藍色，是我最喜歡的顏色。

車頭的地方有一隻好像白鼬的動物撲向前方。

喔喔喔喔喔，原來這就是積架。

太美了，太氣質不凡了。我忍不住看得出了神。

雖然我做夢也不會想要自己開這種高級車，但欣賞可以養眼。

除了積架以外，我也很喜歡賓利的車子。

賓利的車子也超美，但如果我開這種車，就真的是太糟蹋了。

雖然我對車子很外行，但好幾次看到覺得好美的車子，發現就是賓利。

即使我中了樂透，也不會去買積架或是賓利的車子。

我想要的車子，安全性最重要。

同時要有自動停車功能。

所以就只能選國產的、很普通的車子。

自己開車之後，深刻體會到，普通才是最好。

之前覺得自己既然要騎腳踏車，乾脆就騎載貨腳踏車。

載貨腳踏車，就是前後都有好幾個可以放東西籃子的那種腳踏車。

以前住在柏林時，經常看到有人騎這樣的腳踏車。

看到有人載著三個小孩子，開心地騎車的樣子，就夢想自己有朝一日，也要騎這種腳踏車。

但是，日本的交通情況和柏林不一樣，如果要停這樣的腳踏車，就需要相當於一輛車子那麼大的停車位。

基於這些原因，最後我選擇了超普通的腳踏車。

腳踏車的輪子也偏小，在等紅燈時，我的腳也可以碰到地面。

我很堅持前面和後面都要裝籃子，的確很方便。

腳踏車的燈在暗處時會自動亮起，我覺得當初買普通腳踏車完全買對了。

不久之前，在《自然生活》的特集中，刊登了一張我腳踏車的照片。

這麼普通的腳踏車，照片竟然放得這麼大，我有點誠惶誠恐。沒想到有很多人致電詢問，讓我大吃一驚。

而且大家都對大籃子很感興趣。

世事真的難料。

在街上到處可以看到帥氣的腳踏車和漂亮的腳踏車。

但是我對這種東西沒有興趣。

無論再帥氣，無論再漂亮，如果不好騎，就無法入我的眼。

真正優秀的東西，外形往往洗練不累贅，而且使用很方便。

我認為兼具美和實用性的東西，對生活很重要。

這個世界上，有很多外形很吸引人，但實際使用後，發現極其難用的東西。

不知道積架和賓利如何。

雖然很想開一次看看，但是這種車子，恐怕不適合貼「新手駕駛」的貼紙。

早上去看漂亮的積架，是我最近不為人知的小樂趣。

抗暑對策

七月二十六日

其實，我目前應該在法國南部。

小Ｐ從柏林搬去了法國南部，我原本計畫今年夏天和她一起過。

我已經整理好所有的行李，也買了保險，預約了ＰＣＲ檢查，只剩下搭機飛過去而已。最後在這個階段，放棄了這次的行程。

以結果來說，這或許是正確的決定。

在法國，如果沒有疫苗接種證明，就無法進入餐廳和咖啡廳，而且也無法預測英國「與病毒共存」的政策，會對法國產生什麼樣的影響。

左思右想後，不安的要素越來越多，雖然無法見到小Ｐ令人遺憾，但最後還是決定像去年一樣，今年夏天也要在日本過。

酷暑來臨，於是我採取了各種抗暑對策。

首先是食物。

平時我不吃冰冷的食物，但在夏天會大吃特吃。

冰箱裡隨時都會有Q彈的咖啡果凍，每天都吃涼麵也沒問題。

素麵、掛麵、蕎麥麵、烏龍麵，基本上都會加冰冰的高湯食用。

使用義大利的天使髮麵做的蕃茄義大利涼麵也很棒。

還有烤茄子。

把茄子烤至焦後剝皮，冷卻後就可以食用。

平時喝茶也都是把中國茶直接泡在冷開水中做冷泡茶。

製作高湯時，也只是把昆布和小魚乾放在冷開水中浸泡。

總之，就是在生活中盡可能少用火。

感覺熱的時候，對著脖子和手腳噴薄荷噴霧，就會感到涼涼的，很舒服。

我通常會將日本的薄荷精油用水稀釋後使用。

因為可以驅蟲，所以出門前也會咻咻噴一下。

除此以外，穿和服時的過膝襯褲也很值得推薦。

當初是為了夏天穿和服時買的貼身襯褲，因為質地很薄，很輕柔，穿起來很舒服。

腰部使用鬆緊帶，穿起來輕鬆自如，即使流了汗，也很快就乾了。

也可以當內襯穿在材質比較透的裙子或洋裝內，盛夏季節時，我也會拿來當睡褲穿。

這種襯褲價格很便宜，多買幾件，真的很方便。

啤酒當然是最棒的抗暑對策。

特急列車稻穗號

七月二十八日

這是我第一次沿著日本海進入山形。搭上越新幹線抵達新潟後，再從新潟搭區間車特急列車稻穗號直奔鶴岡。

我感受得到中途穿越了颱風的暴風圈。

提早一天出發是正確決定。

過了新潟之後，列車就沿著日本海的海岸線行駛。

我就是想要欣賞沿途風景，所以這次決定走陸路。

之前去山形縣時，我總是搭乘走內陸的「翼」號新幹線。

但這次是日本海沿岸的旅行，所以就走和平時相反的路線。

穿越縣境，一進入山形縣，頓時有鬆了一口氣的感覺。

日本海太棒了。

沿途風光明媚的景色，讓我不禁覺得，這裡是蔚藍海岸嗎？

以前一直覺得日本海陰暗寒冷，有一種可怕的感覺，到了目前的年紀，終於能夠體會，原來日本海這麼美。

我預約的飯店就在稻田的正中央。

簡直太棒了。

房間內有書桌，床墊很硬，被子沒有塞進床墊也讓我很滿意。對我而言，這家飯店很理想。

而且，露天溫泉的浴池旁還設了很吸引人的三溫暖。

我昨天傍晚五點半去露天溫泉泡澡，等我回過神時，已經晚上十點半了。

浴池前方就是用一大片圍籬圍起（目前沒有稻子）的稻田，有一種奇妙的開闊感。

水黽在水面上靈活地游來游去，鳥兒、蜻蜓等都飛來眼前嬉戲。

從三溫暖的烤箱出來後，看著沉落的夕陽，在空無一人的浴池內發呆，幸運地看到在遠方天空綻放的煙火。

原本每年在八月盛大舉辦的煙火大會，今年也因為疫情的關係，無法順利舉辦，所以每天晚上都會施放幾支。

夜幕中出現很多閃耀的星星，當其他人都離開後，我獨自偷偷在浴池內游泳，做瑜伽、冥想。

我也很久沒有這麼近距離聽到蛙鳴聲了。

只是一隻很小的青蛙，聲量卻很驚人，簡直就像唱歌劇的男中音。

我的三溫暖開關已經完全打開，無法擺脫三溫暖↓冷水澡↓風乾↓溫泉↓又是三溫暖的循環。

我這個人，一旦過了某個階段，就會想要無止境地泡澡泡下去。

早晨，我看著出羽三山，又去了三溫暖。

颱風正在慢慢接近，雲霧中的山若隱若現。

雄偉的高山聳立，人們在山麓下生活，周圍是一片稻田。

稻田真的很美。

雨停了，藍天露了臉，等一下去租一輛腳踏車，找地方吃碗拉麵。

這家飯店有很多書，即使一直在飯店內休息，也完全不會覺得無聊。

用河水冰桃子

八月一日

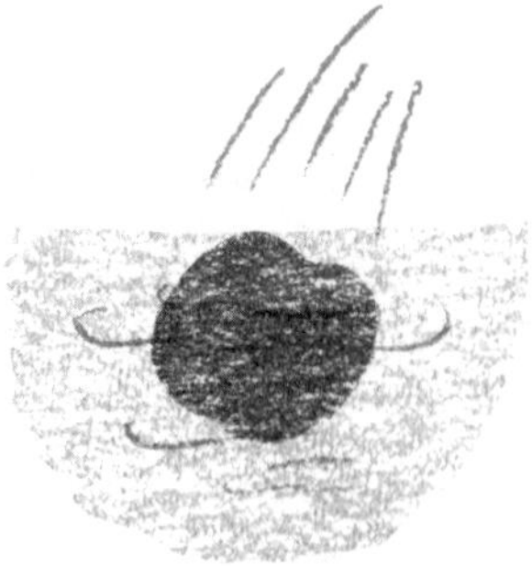

今天是出羽三山旅行的最後一天。

在飯店吃早餐時，我把其中一半裝進橢圓形木便當盒內，前往月山山麓的山毛櫸原生林。

一走進山毛櫸原生林，心情頓時變得輕鬆起來。

是因為樹葉的顏色很明亮的關係？明明是週末，但森林內幾乎沒有人（只有在河邊遇到一對手牽手的男同志情侶），心情太舒暢了。

我找到了月山的湧泉，先在那裡喝杯咖啡。

把咖啡濾網裝在紙杯上，然後把水壺中的熱水倒進去。

因為我發現，即使不需要戶外活動使用的特別器具，只要動一下腦筋，就可以喝到現泡的咖啡。

這是在第一家入住飯店時，在商店買的山形本地咖啡店「蜩」的咖啡包。在戶外喝的現泡咖啡味道特別好喝。

我也拿出飯店送的糰子配咖啡。

喝著咖啡，我深刻體會到，這是無上的奢侈。

在山毛櫸森林散完步，我搭纜車前往月山九合目。我在九合目眺望美麗的高山，開始吃午餐。

木便當盒真的很方便。

最近，我出門旅行時，幾乎都會帶上這個木便當盒。可以用來裝容易壓壞的點心或是水果，用途很廣泛，但最大的用處，還是吃早餐的時候。

我平時都在快中午的時候才開始吃東西，所以早餐時間沒辦法吃很多。

所以，我通常會把湯或是其他無法裝進便當盒的料理吃完，把剩下的飯或是菜餚全都裝進木便當盒，午餐就搞定了。

這件事真是做對了，既不會浪費食物，又可以在自己喜歡的地方，享受美味的便當。

如果使用塑膠容器，或是保鮮膜包食物，就太沒情調了。

正因為使用的是木便當盒，所以可以適度吸收水分，心情也很愉快。

我甚至很想自稱是木便當盒普及委員會會長，希望可以在全世界推廣橢圓形的木便當盒。

每個人擁有一個木便當盒，無論旅行或是日常生活，都會頓時變輕鬆。

在家的時候，可以把煮好後吃不完的飯裝進木便當盒，代替飯桶。

我再度搭纜車下山，前往旅館老闆和我分享的一個水流清澈的地方。

據說這裡是當地人才會去的地方，如果不是旅館老闆告訴我，我絕對會錯過。

走進岔路，一片明亮的綠色映入眼簾，彷彿走進了另一個世界。

水從長了青苔的石頭之間飛流而下，形成一個小瀑布。

我拿出帶在身上，準備找機會吃的桃子放在水中冰一下，當作點心。

水好冰。

我的腳在水裡泡了十秒鐘，身體就開始麻痺。

更令人驚訝的是水的味道。

我不記得以前曾經喝過這麼好喝的水。

這完全就是月山天然的水，完全沒有任何異味，舒服的感覺就像風一樣傳遍全身。

這種水可以讓全身的細胞甦醒，讓生命獲得重生。

我連皮一起大口咬著桃子。

桃子也美味無比。

冰得剛剛好，熟度也剛剛好，這是最頂級的美味。

用河水冰桃子。

我希望這件事可以成為自己的二十四節氣儀式之一。

整整五天，我充分享受了山形的風光。

在旅途中，在最重要的時刻，我的登山鞋鞋底竟然脫落，讓我嚇出一身冷汗，但幸好用手邊有的東西渡過了難關。

我記得那是在我攀登富士山時買的登山鞋，一轉眼，已經陪了我將近十五年。

這雙登山鞋的防水功能很理想，不是用綁鞋帶的方式，而是使用旋轉鞋扣將鞋帶鬆開、綁緊，穿脫很方便，出國旅行時，我也經常帶這雙鞋出門。

下雨的日子，也可以代替雨靴穿出門，因為很好走，所以無論去哪裡，它都陪伴我。

只是沒想到竟然會在這個節骨眼出這種問題！

在登山前一天的傍晚，右腳的鞋底先脫落了，但無法馬上去店裡買鞋或是修鞋。

原本打算去便利商店買鞋用強力膠把鞋底黏回去，但附近完全沒有便利商店。

只能放棄登山了嗎？我突然想到了用無農藥的方式種蘋果成功的木村秋則先生，於是絞盡腦汁，思考是否有什麼解決的方法。

最後想到可以用旅館內唯一可用的塑膠繩，把鞋頭部分綁起來。

為了預防走到一半，塑膠繩磨損斷掉，於是就向旅館多要了一段塑膠繩，這個舉動救了我。

才剛開始登山沒多久，不光是右腳的鞋子出問題，連左腳的登山鞋鞋底也開口笑了，向旅館多要的塑膠繩馬上就派上了用場。

動動腦筋，發揮巧思解決問題真的很重要。

一旦放棄，就結束了。

正因為我沒有放棄，所以我在山形度過了最美好的時光。

Less is More

八月十一日

最近躲在安曇野的山上。

雖然並不是深山密林，但放眼望去，視野中有超過一半都是綠色，光是這樣，就令人心情舒暢。

因為有很多樹木，所以也有很多蟬在大合唱。

這裡一天只吃兩餐，都吃糙米蔬食。沒想到非常美味可口。

用餐的時間分別是上午十點半和傍晚五點半，和我平時的飲食生活沒有太大的差異，所以我很滿意。

雖然乍看之下，分量似乎有點少，但實際吃了之後，就會發現這樣的分量足夠了。

因為是糙米，所以必須充分咀嚼。同樣的糙米飯，有時候會加堅果，有時候會加梅乾或是海苔一起煮，每天都有不同的花樣。

這裡的菜色也都讓人耳目一新，像是豆腐泥拌蕃茄、咖哩南瓜牛蒡等，都是我絕對想不到的菜色。

他們一直發揮巧思，變化出各種不同的花樣，所以完全不覺得膩。每天思考菜色、扮演領導者的人也會以值日制更換，我覺得這也是讓人不會生膩的原因之一。

這裡的工作人員都是年輕人。

在日前閉幕的奧運上，十幾歲的年輕人充滿活力的表現也很耀眼。我覺得這些年輕人是全新的世代。

他們不會背負故鄉、國家這種不必要的東西，只是因為運動很快樂，所以他們投入其中。

我可以感受到，在這裡製作各種料理的年輕人，也是因為樂在其中，所以才會這麼做。

我希望這些擁有新價值觀的年輕人，能夠有更多表現的機會，讓這個世界變得更清新。

我認為整體在向這個方向變化。

不久之前，我遇見了「Less is More」這句話。

這句話的意思是，少即是多。

我覺得和「知足」的意思也很相近。

我認為人類目前正站在十字路口。

無論地球暖化，或是糧食問題都是如此。

物質豐富的國家糧食過剩，大量浪費，但世界上仍然有很多人吃不飽，穿不暖。

飢餓會導致戰爭。

每個人都必須意識到這個問題，立刻採取行動，否則就會造成悲慘的結果。

吃美食固然是一件幸福的事，但飲食過量就有問題。我回顧自己的飲食生活後，得出了這樣的結論。

只要先進國家的人減少吃肉類的量，就可以將成為那些動物飼料的穀物，提供給人類食用。

一下子減少肉類的攝取量或許很困難，但可以逐漸減少。

雖然我原本就沒有攝取很多魚和肉類，但我打算更進一步減少。

我的目標是飯吃七分飽。

充分咀嚼，和蔬菜交流，帶著感恩的心食用。

只要能夠做到這件事，滿足感就大不相同。

因為我看到那些人用心準備餐點的身影，所以更覺得要好好品嚐。

很希望能夠因此產生良好的循環，推廣到世界各地。

我目前最大的擔憂，就是疫情的問題。

我很擔心打疫苗和不打疫苗的人會分成兩大派，相互對立，造成世界規模的分裂。

我超擔憂。

前幾天，我突然想到，是否在我有生之年，都必須戴口罩過日子。光是想像這樣的未來，就感到不寒而慄。

有人認為如果地球持續暖化，永久凍土持續融化，有可能會出現一些未知的病毒。

我認為對抗新冠肺炎最有效的方法，就是提升自身的免疫力。

所以，我努力維持營養豐富的飲食生活，減少壓力，擁有充足的睡眠。

今天上午，我在森林中冥想。

太舒服了。

走進原始森林

八月十八日

這是好幾天前發生的事，但是我至今仍無法忘記當時所感受到的美。

那是我去有明山表參道登山口的那片原始森林時的情況。

巨大的石頭上長滿了青苔，伸手觸摸，感覺鬆鬆軟軟，就像在撫摸動物的毛。手感很溫暖，而且滋潤潮濕，充滿生命力，彷彿可以感受到心跳。

腐爛的樹木中冒出了新芽，樹木已經快爛掉了，樹根已經變成了空洞，但仍然生生不息。

沒有任何抵抗，一切順其自然狀態的森林最燦爛奪目。

我覺得那是共存共榮的完美世界。

原始森林中，沒有任何一棵貪婪的樹，只顧自己吸收大量水分，而是只吸收自己必要的水分。

巨大的岩石成為眾多植物生長的土壤，簡直就像是地球的縮影，是孕育新生命的溫床。

還有水。

水從岩石和土壤表面湧現，變成河流。

身處這種環境，就會深刻體會到，山就像是水瓶。

最近，只要在清澈的水邊，就倍感滿足，感受到生命的喜悅。

生活在都市的人，很容易變得傲慢，但是走進大自然中，就會瞭解到這是錯誤的態度。

人類必須更加、更加謙虛。

有人說，靈魂是水做的。也許真的是這樣。

我感覺到外在的水和我內在的水產生了共鳴，合而為一。

我認為，這樣的世界才是美麗。

心想、口說和行動

八月三十一日

今天是八月的最後一天。

附近的母雞不知是否因為夏日倦怠的關係，我買雞蛋回家，發現很多顆都很小。

今年的夏天真熱。

雞蛋雖小，但蛋殼很硬，而且分量十足。

目前正在看的這本書中提到，心想、口說和行動保持一致很重要，我有一種豁然開朗的感覺。

沒錯，的確如此。

如果這三者不協調，就會產生壓力。

比方說，雖然這麼想，所作所為卻

完全相反。

嘴上這麼說，實際行為卻明顯是說一套，做一套。

人非聖賢，想要做到心口和行動如一並非易事，但我希望能夠努力做到。

這種生活方式，才是「真誠」。

今天用小蘇打水擦了夏天期間努力工作的廚房地板，慰勞地板的辛苦。

雖然早了一天，但我也拿下了八月的月曆，換上了九月的，迎接秋天的到來。

之前的大雨把窗戶打得慘不忍睹，我很想擦窗戶，但是恐怕還會下雨，所以就暫時擱置這件事。

秋天、冬天、春天、夏天。

這是我喜歡的季節順序。我最愛秋天。

期待趕快吹起涼風！

秋刀魚和澡堂

九月十二日

上午騎腳踏車準備去上瑜伽課，聞到了不知道哪裡飄來的香氣。

原來是金桂飄香。

金桂飄然帶來了秋天。

疫情期間的生活中，也許瑜伽老師是我最頻繁見到的外人。

除非外面下傾盆大雨，否則我都盡可能去上課，所以從去年夏天開始，和瑜伽老師見面的頻率相當高。

上週人數比較多，同時有三名學生上課，本週只有我一個人。

我上這位瑜伽老師的課已經有十五年，不，搞不好將近二十年了。這麼多年來，老師每個週末用相同的方式說明同一個姿勢，我覺得太偉大了。

之前住在柏林期間，曾經荒廢了幾年，但瑜伽惠我良多。

每次上完瑜伽課，我都會去商店街逛逛，順便買菜回家，昨天在魚店看到了秋刀魚。

去年的秋刀魚很貴，而且都很小。

和去年相比，今年的秋刀魚大小適中，一尾三百五十日圓很便宜。

家裡冰箱裡還有一段蘿蔔。我一路想著這件事，難掩興奮地帶著秋刀魚回家。

非假日去澡堂，週末就去上瑜伽課。

我靠這兩件事，勉強維持健康的身體。

最近去澡堂時，總會和一位澡友聊上幾句。

因為我們總是在相同的時間去澡堂，之前就知道她的長相和身體，但是我這個人很內向，所以從來沒有和她聊過天，但總是聽著她在我身後和別人聊天。

她七十出頭，我大約知道她以前做什麼工作，也隱約瞭解她的想法，也知道她見多識廣，喜歡閱讀。

雖然也可以持續以往的關係，但既然每天都會遇到，也是一種緣分。有一天，只有我和她兩個人在露天浴池泡澡時，我主動向她打了招呼，反正就是諸如「一下子就變秋天了」之類的話。

她在二十三歲時動了盲腸手術之後，五十年來，從來都沒有用過健保卡。

她告訴我這件事的那一天，我們四個經常來泡澡的澡友剛好都在戶外的浴池泡澡。

我們保持了社交距離，四個人分占長方形浴池的四個角落。

「請問妳保持健康的秘訣是什麼？」另一名澡友問。

「首先就是早睡早起，然後大量攝取當令蔬菜，最後就是不說別人的壞話。」

原來如此。包括我在內的其他三個澡友都點頭如搗蒜。

我認為關鍵就在於最後的「絕對不說別人壞話」。

因為前兩項應該都可以做到。
我也很少去醫院，但每年還是會用一次健保卡。
因為是人生前輩說的話，所以很有分量。

對了對了，說到泡澡，我有一件好奇的事……
最近的年輕女生，有相當高的比例，都會為私密處除毛。
在德國，無論男女都理所當然地這麼做，但是我發現今年夏天，在日本看到光溜溜的比例突然增加了。
如果只是在家裡泡澡，就不會瞭解這種事。
我正摩拳擦掌，打算哪天把這個話題寫進小說，但目前還沒有逮到機會。
去澡堂會有很多新發現，所以樂趣無窮。

再過十天左右，就是中秋節了。
我收到一個從北海道寄來的大南瓜，做了南瓜布丁，看起來很像滿月。

在做南瓜布丁時，我參考了刊登在收到的最新一期的《七緒》樣本雜誌上，野村友里女士的食譜。

據說是她向料理高手的母親學會了這種做法。

不需要過篩，使用的材料也很簡單。雖然可以輕鬆完成，但是味道超好吃。

這一期也有我寫的隨筆。

這個月終於可以去參觀茶道課了。原本內心很期待，最後卻因為疫情關係取消了。

不知道哪年哪月，才能夠不必戴口罩，輕鬆地走在街上？

在澡堂認識的那位七十多歲的女士說，這種狀況還要持續四、五年。

真的有可能會這樣。我也這麼認為。

也許不要期待一切恢復原狀，而是根據目前的狀況，改變自己的生活方式更有效率。

新的時代已經開始了。

開工儀式

九月二十二日

因為據說大安[8]的日子比較好，所以今天舉行了開工儀式。

去年晚秋，我帶著輕鬆的心情去看了八之岳的中古集合住宅，沒想到最後就買了一塊地。我開始去駕訓班學開車、考駕照，在這段期間，和設計師討論要造什麼樣的房子，對方也開了數次估價單，然後終於迎接了今天。

我做夢也沒有想到，自己會變成請人來為我施工建屋的屋主。

人生真的不知道會發生什麼事。

一年前的現在，我完全沒有預料到一年之後，會有這樣的發展。

好像風輕輕推我的背，當我回過神

時，就走到了這一步。

隔了一段時間，再次看到自己買的地，還是覺得這裡的氣場很好。因為這塊土地上有很多巨大的石頭，所以土地的價格也比較便宜。別人覺得礙眼的石頭，卻是我眼中的寶石。

有特殊能量或氣場的地方稱為能量點，曾經有人說，自己感覺舒服的地方，就是自己的能量點。如果這句話屬實，八之岳的那塊土地，就是我的能量點。

能量點要靠自己去尋找。

至於在山上建小木屋的過程，我已經詳細記錄在《美好的手工製作》這本雜誌連載的「繞遠路的山上小木屋日記」中，無意在此詳述，這棟房子基本上算是我的工作室。

雖然周圍有很漂亮的大別墅，但是我的小木屋真的很小。

8. 日本人參考曆注「六曜」選擇良辰吉日，分別是「先勝」，代表要盡快處理該做的事；「友引」不宜喪葬；「先負」代表這天要安穩地度過，勿急躁也避免與他人起衝突；「佛滅」為六曜中最凶惡的一天，需謹言慎行；「大安」是最吉利的一天；「赤口」則表示中午時間是吉，其他時間為凶。

因為這是我為自己一個人打造的空間，所以，在和設計師討論時，也只想著如何才能讓我自己舒服地生活在這個空間。

我希望為自己打造一個舒服的空間，就像穿著自己熟悉的喀什米爾毛衣。

因為位在海拔一千六百公尺的地方，所以禦寒成為重點。

如果是買公寓大廈的房子，不需要涉及房屋結構的問題，但是要從零開始造房子，就必須從打地基開始。

這和舊屋翻新或是重新裝潢不一樣。

據說日本的房子平均壽命是三十年。

和歐洲相比，日本房子的壽命很短。

所以，我想要在山上建造的房子，並不是那種隨便建造，沒過幾年就拆除的拋棄式房子，而是希望堅固又耐用。

隔熱建材、地板、廚房的磁磚、火爐。我不停地挑選所有的東西。

當然，還有預算這個很大的障礙。

我深刻認識到，要在這些限制中，挑選出對自己而言的最佳選擇非常困難。

如果不深入研究、理解，根本無法和設計師溝通。

無論設計圖畫得再好，最後都需要由木工來實現。

即使根據同一張設計圖建房子，不同的木工造出來的房子天差地別。

幸好長野有許多手藝高強的木工。

今天把貢品放在神龕上，請神社的神主來祈福，向神靈吟唱祝詞，祈禱工程能夠順利進行。

有人說，這個世界上所有的東西，都是人類意識的物質化。觀察建築的過程中，更強烈體會到這件事。

在空無一物的空地建造房子，真的是一件很了不起的事。

在買房還是租屋的問題上，我是「買房派」。

我也經常建議周遭的朋友，有能力就買房。

同樣的錢，拿來付房租很不划算。如果是自己的房子，等於把房租存起來，最後擁有自己的財產。

最重要的是，我認為有了自己的房子，就會有很大的安心感。

無論是寢具還是房子，既然遲早要買，那還不如早買早享受。

無論是二十幾歲買，還是三十幾歲買，或是到了四十多歲才買，人生的終點都在那裡，早一點購買，就可以享受更多年，舒服過日子的時間也更久。

房屋貸款的利率很低，所以我認為趁早擁有自己喜歡的住房，盡可能在自己喜歡的房子多住幾年更划算。

這只是我的個人意見。

今天這一天

十月四日

清晨五點左右就醒了，在被子裡和百合摟摟抱抱。

不到六點就起了床，燒開水後喝了茶。

我在喝的是三年番茶。

合掌向神明祈禱後，親手為百合做了飯，做了瑜伽（拜日式）。

看了天氣預報，發現今天的氣溫會很高，於是就為百合繫上狗鍊，一大早就帶牠出門散步去。

今天的路線是走大馬路（除此以外，還有去公園的樹林路線）。

來到集合住宅前的兒童公園時，百合完全失控了。

無奈之下，我只好鬆開狗鍊，讓牠

玩個痛快。

回家之後看報紙。

早上八點就開始工作。

我正在寫新的小說。

上午十一點，工作結束。

吃早午餐。

今天吃炒飯。

飯後喝了咖啡配餅乾。

倒頭睡午覺。

下午做手工皂。

今天要做第四種手工皂。

秋天是適合做手工皂和味噌的好季節。

今年秋天，我決定做蜂蜜皂。

蜂蜜皂的香氣很宜人。

之後，我把目前正在讀賣新聞的晚報上連載的五篇隨筆一口氣寄給責任編輯。

然後把另一篇其他雜誌邀稿的送禮清單也用電子郵件寄了出去。

傍晚四點左右，就開始準備晚餐。

家裡有在附近農田採收的苦瓜，我用苦瓜炒了羊栖菜。

把洗乾淨的衣服收進來，摺好後，下午四點四十五分，出發去澡堂。

今天也可以泡溫泉，太幸福了。我泡在浴池內，心存感恩地這麼想。

現在的天色很快就暗了。

今天傍晚五點半時，我走去露天浴池，天色已經暗了下來。

我六點騎腳踏車回家時，已經黑漆漆了。

雖然還可以聞到淡淡的金桂香氣，但差不多快結束了。

回到家後，開始喝啤酒。

最近的心頭好是東京福生市的石川酒造推出的TOKYO BLUES。

這款啤酒和德國的啤酒幾乎沒有兩樣。

下酒菜是出門去澡堂之前做好的苦瓜炒羊栖菜、鰤魚西京燒和山形寄來的原木滑菇蕎麥涼麵。

啊，好幸福。

百合也分到幾口牠最愛的蕎麥麵，心情愉悅。

最近每天都忙得不可開交，好幾次回過神時，發現時間在轉眼之間就過去了。

朝陽

十月十九日

因為熬了夜，今天早上睡了懶覺，醒來後，發現朝陽照滿整個房間。

季節似乎切換了開關，已經可以明顯感受到進入了冬季。

最近這幾年，氣候宜人的春天和秋天的時間漸漸縮短，變成了寒冷的「秋・冬」和酷熱的「春・夏」這兩種天氣型態。

如果按照這個標準，從昨天開始，就已經進入了冬季。

今天特別冷，我忍不住穿上了毛衣。衣服換季。

我的室內鞋換成了短靴，毛褲也差不多該上場了。

帽子也從夏天用的帽子換成了冬天

用，晚上睡覺時，除了棉被以外，還蓋上一條喀什米爾的毛毯。

隨著天氣越來越冷，我會逐漸增加被子的數量。最冷的時候，我會把四條被子或毛毯像千層派一樣蓋在身上，熬過冬天。

天冷的時候，百合就會鑽進我的被子，我很高興有一個天然的熱水袋。

夏天結束之後，我頓時心生興奮雀躍。

我想起柏林的晚秋。

染成黃色的行道樹，樹葉一片又一片飄落，當樹木的葉子完全落盡時，就是冬至了。

雖然很昏暗，又很冷，但是可以興奮地期待太陽升起，沐浴滿滿的陽光。

因為夜晚的時間很長，所以從傍晚就開始喝熱紅酒。

今年冬天，聖誕市集或許也會恢復正常的規模。

為了熬過漫長的冬季，會在家裡點蠟燭，讓房間看起來更明亮，也會穿上紅色等明亮色彩的衣服，讓心情變得開朗，在聖誕節好好享受快樂時光。冬天有冬天的喜悅。

相較之下，東京的冬天晴空萬里，總有一種好像少了點什麼的感覺。每年一度，所有的東西都徹徹底底地死去，然後再度重生。柏林冬季讓我更有感覺。

因為我覺得只有徹底死去，然後再復活，才更有起伏跌宕的美感。

啊啊，我開始想念柏林的冬季了。

秋天也是手作的季節。

我做的手工皂庫存已經很充足，未來半年到一年都不必愁了，接下來要來做味噌。

做手工皂和自製味噌很相似。

製作很簡單，做完之後，就等它們慢慢熟成。

天氣會對成品產生很大的影響。即使使用相同的材料，按照相同的步驟，每次的成品都不一樣。這也是樂趣所在。

今天收到了大阪屋寄來的生麴。

終於找到了理想的生麵，我為此鬆了一口氣。

然後然後，眾議院選舉終於開始了。

廢話不說，去投票！！！

不投票，就等於完全放棄自己的生活。

投票率低真的是一件很羞恥的事。不能因為「沒有我喜歡的政黨」，就事不關己地放棄自己的權利。

如果對政治有意見，首先要投下自己神聖的一票。

讀小學時，班導師說的故事，至今仍然令我印象深刻。

某個村莊要舉辦慶典，要求每個村民提供一杯酒。

但是，最後發現蒐集了整桶的液體不是酒，而是水。

大家都覺得，只有自己帶水，別人不會發現，最後變成整桶都是水。

細節可能有出入，但大致是這樣的故事。

從整體來看，一人一票能夠發揮的力量很微小。

但是，積少成多，就可以成為推動全局的力量。

反正自己有沒有去投票，對結果也不會有影響。我認為抱著這種自以為是的態度，然後放棄投票權是愚蠢的行為。

如果認為現在很好，就投執政黨；如果相反，就投其他的黨。總之，在投票之後，再來討論其他問題。

投票率和公民素養有密切的關係。

我很推薦提前投票。

在選舉當天之前預先投完票，即使投票當天發生因為下雨而無法成行，或是臨時有事，不能去投票等意外狀況，也不會浪費自己手上寶貴的一票。

而且提前投票不需要排隊，我個人的情況，提前投票的地點比選舉當天的投票所地點離家更近，所以我是提前投票派。

更何況自己可能在投票日之前就死了，只要提前投票，就不會浪費自己手上的一票，也不會留下遺憾。

最近很多政治人物擺出一副高高在上的態度，好像是從自己的口袋裡拿錢出來給國民，但其實只是把我們國民辛苦工作賺的錢還給我們而已，我們才是那些政治人物的僱主。

每次看到政治人物的醜聞曝光，就很納悶為什麼這種人會當上國會議員。當然就是因為有人投票選他們，才會導致這樣的結果。

必須牢記這件事，充分思考要把票投給誰、投給哪一個政黨。

經常有人說，日本人，尤其是日本的年輕人缺乏參政意識。

社會上有一種「即使投票也無法改變任何事」的無奈氛圍，是政治（教育）讓人產生這種感覺，而且如果放棄投票，就無法改變這種情況。

所以，無論如何，都要投下自己的一票。

一切都從投票開始。

補充。

從公告開始後，到選前一天，都能到指定地點提前投票。

所以照理說，明天就可以提前投票，但是我目前還沒有收到相關資料。

因為這次選舉的時間大幅提前。
選舉當天是萬聖節，很多人可能根本沒空去投票。
但是，正因為如此，更要出門去投票。
不知道不在籍投票的情況如何。
不知道是否來得及。我很擔心這件事。
「年輕人投票率低並不是壞事，這代表年輕人對現狀很滿意。」我忘了是哪位人士發表了這種「高見」。

甜甜圈中間那個洞存在的理由

十月二十二日

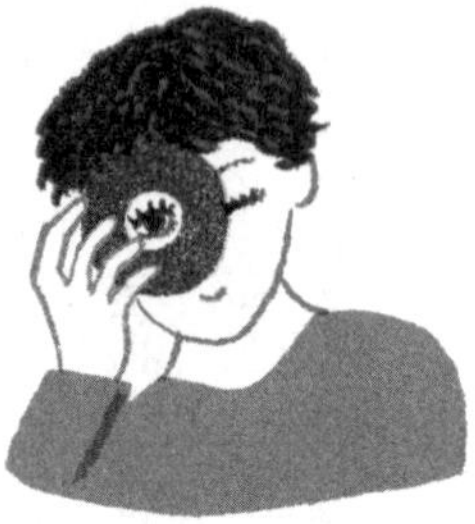

寒冷的早晨。

我毫不猶豫地穿上了毛褲。

紅色喀什米爾的高腰毛褲可以包住整個肚子，是冬天必不可少的保暖聖品。

有沒有穿這條毛褲，暖和程度大不相同。

雖然我絕對不會讓別人看到我穿這條毛褲時的樣子。

最近，我從週四傍晚開始，都會在電子郵件的最後寫上「祝週末愉快！」這句話。

之前都把週五下午開始視為週末，但是之後開始慢慢提前，現在從週四傍晚開始，就覺得已經是週末的心情了。

今天很冷，外面又下雨，是窩在家裡不出門的好日子。

我取消了原本打算出門的計畫，在家裡埋頭做味噌。

上次五月的時候做的味噌，經過半年後，熟成的狀況很不錯。

我試了一下味道，感覺很不錯。

於是馬上把完成的味噌裝進罈子。

今天做的味噌看起來毫不起眼，所以不由得深深感到佩服，原來時間是最出色的調味料。

希望這次做的味噌也很好吃！

這幾天，我一直想吃甜甜圈，簡直到了坐立難安的程度，所以在做完味噌之後，決定來做甜甜圈。

我要做加小豆蔻的芬蘭甜甜圈。

其實，我這篇文章也是在做甜甜圈的同時寫的，必須小心不要寫得太專心，把正在做的甜甜圈拋在腦後。

今天，有一件讓我恍然大悟的事。

起初，我把圓滾滾球狀的麵糰放進油鍋炸。

因為我覺得圓圓的炸起來應該比較方便。

雖然外表很可愛，但實際吃了之後，發現中間還沒有熟透。

不至於不能吃，但是再熟一點顯然更好吃。

於是我恍然大悟。

甜甜圈中間有一個洞，並不單純是為了美觀，更有助於均勻受熱這個明確的理由。

這是我的重大發現。

我體會到什麼是茅塞頓開的感覺了。

因為中間是空洞，所以不必慢慢等中間熟。

今天是值得紀念的日子，我終於瞭解到甜甜圈中間的洞存在的理由。

瞭解這件事之後，我就用手指在麵糰中戳洞，再放進油鍋炸。

太好了，太好了。

今天喝的是烏龍茶。

烏龍茶和剛炸好的甜甜圈簡直絕配。

交友軟體

十月二十六日

之前曾經聽說，德國有很多男女是透過交友軟體認識，進而交往或是結婚。

雖然同是歐洲人，但德國人並不是拉丁民族，沒有輕易搭訕的習慣，也很少有機會交友。

於是，大家就開始使用交友軟體。

我認為這種方式的確很有效率。

事先提出各種條件，從眾多可能的人選中，篩選出符合這些條件的對象。

使用這種方法，有機會遇到在現實生活中，永遠都不可能等到的對象。

偶然的邂逅當然也很美妙，這也是很棒的緣分。

最近，我也開始使用配對軟體。

只不過配對的對象是政黨。

雖然我認為自己和某個政黨的想法比較一致，但也許還有和我的想法更接近的政黨。

為了謹慎起見，我在提前投票之前，用配對軟體進行確認。

結果顯示，我想要投的那個政黨，和我的相似度最高。

我認為很值得推薦。

目前還在猶豫，不知道要投哪一個政黨的無黨派人士，不妨測試一下，也許會覺得很好玩。

可能會出現意外的結果，也可能有機會發現自己以前完全沒有想到的一面。

我很希望有車子的配對軟體，或是冰箱、洗衣機的配對軟體，向使用者建議，你適合使用哪個品牌的哪一款商品。雖然目前市面上可能已經有了，只是我不知道而已。

因為我認為電腦比我更能夠根據必要的功能、價格、大小等個別條件中，挑選出最適合的商品。

即使不要照單全收，至少也可以成為選購時的參考。

再說回眾議院選舉。

我昨天順利投完了票。

接下來只等結果。

我打算星期天熬夜看選舉速報。

這次選舉中，我的高中同學是山形選區的候選人。

很希望老同學能贏。

我記得他在高中時就建立了遠大的目標，公開宣布，他以後要從政，立志當首相。

加油啊！！！

對了，好像是昨天？那位人士又發表了令人驚訝的言論。

「以前，北海道的米被稱為『難吃道（稻）米』，現在可以種出很美味的稻米。是因為農民的努力嗎？才不是，是因為氣溫上升，雖然大家都只提地球暖化的負面影響，但也有正面影響。」

這位人士難道要在世界上丟盡日本人的臉才肯罷休嗎？

說話不要太無腦。

這個世界上，有多少人深受地球暖化之苦？從世界的角度來看，就知道這位人士的發言有多幼稚。

又不是鄰居阿伯在居酒屋喝醉酒，大放厥詞也無所謂！

說句心裡話，這種人就連成為目前所住的社區管委會主委，都覺得他不夠格。

真是別鬧了。

我所能做的，就是在選舉中，投下自己的一票。

今天，小室圭先生和真子公主結婚了。

在離開皇室的瞬間，敬稱就從原本的「殿下」變成了「小姐」。

我認為這件事，必須先討論兒女究竟要為父母引發的問題負起多大的責任。

我相信真子公主一定能夠在異國他鄉，感受到前所未有的「自由」。

幸福的自由和不幸的自由，開心的自由和受傷的自由，全都掌握在自己手中。

我認為這才是真實的樣子。

我目前正在看幡野廣志的《為什麼大家都來問我？只因受苦的人想得更透徹》，這本書太精采了。

大力推薦。

管他去死

十一月一日

我正在看佐野洋子的隨筆集《不是今天也無妨》。

就是《活了一百萬次的貓》的作者佐野洋子，也是和詩人谷川俊太郎結婚，之後又離婚的佐野洋子。

由谷川俊太郎寫詩，佐野洋子繪畫，兩人合著的《致女人》很生動，也是我的愛書之一。

偶爾會翻一下這本書，想像他們之間的關係。

但是，我對佐野洋子的瞭解僅止於此，這是我第一次看她的隨筆集。

她那種就像裸身過日子的感覺太猛了。

之前看伊藤比呂美的《上路》時，曾經感受到「用赤裸裸的靈魂活著，所散發出的魄力」。在佐野洋子作品的字裡行間，也可以充分感受到類似的精神。

佐野洋子在名為「我所愛的人都……」的隨筆中提到——

「我決定不相信任何意見和想法，只有眼前所見、親手觸摸到的東西才是真實。」

我認為她徹底貫徹了這件事。

佐野的父親在晚餐時間，曾經用以下這句話，訓示了她好幾百次。

「不要相信文字，一旦成為文字，人就會相信文字更甚於聽人親口所說。」

這句話也很沉重。

沒想到佐野洋子曾經在柏林藝術大學學石版畫。

她是在一九六七年時去柏林留學，是在柏林圍牆倒塌之前，所以她曾經親眼見識了柏林圍牆將德國分為東德和西德時代的狀況。

她曾經看過許許多多和我不一樣的風景，也一定有很多感受。

我最喜歡她去了醫院，醫生向她宣告癌症復發那一天的事。

回家的路上，她走進住家附近的車行。

她崇尚日本民族主義，之前從來沒有開過進口車，還曾經寫下「我最討厭那種開二手進口車的人」這句話。

沒想到她當時走進的車行是進口車經銷商，她指著英國綠的積架說：「我要這輛。」然後就把車買回家了。

太帥了。

據說佐野洋子內心認為英國綠的積架是最美的車子。

「這是我最後的物慾。」她這麼寫道。

也許我內心很崇拜這種輕鬆自如地做出石破天驚行為的人。

我也認為，既然已經看到了人生的終點，在人生的最後一段路，想開積架就開積架。

我希望自己活到人生的最後一刻，也不要忘記龐克精神。

我不知道英國綠是什麼顏色，於是上網查了一下。哇！看到的瞬間，忍不住驚嘆。

的確是美麗高雅的顏色。

佐野洋子復發的癌症位在左大腿根部，即使左腿會痛，只要用右腳，就可以自己開車。

即使癌症復發，佐野洋子也沒有戒菸。她不再搭乘禁菸的計程車，在自己開的積架上自由抽菸。

她說，「我省下了不少計程車費。」

佐野洋子在七十二歲去世前不久，還在寫隨筆。

這件事帶給我極大的鼓勵，或者說很有參考價值。

在最後一篇隨筆的最後一行，看到了「管他去死」這句話，我覺得很久沒看到這句話了。

管他去死，就是我行我素，完全不在意他人的眼光，我覺得這就是佐野洋子的生活態度。

我也希望能夠持續寫這份日記到生命最後一刻，最好能夠實況報導。

有時候，我會思考理想的老後形象。

我會想像自己想成為什麼樣的老婆婆，佐野洋子就是其中的範本之一。以前我曾經夢想自己可以成為像美國的插畫家、兒童文學作家塔莎·杜朵那樣的人，佐野洋子也不錯。

只不過她們兩個人的形象完全相反，無論是精靈還是任性的婆婆，都很值得一試。

我也很嚮往作家佐藤愛子的生活方式，篠田桃紅和樹木希林也很瀟灑。這麼一想，就覺得有很多女性長者的生活方式都可以成為榜樣，那有沒有哪位男性長者可以成為榜樣？我要停下腳步想一下。

能夠毫不隱瞞自己的生活方式，毫無顧忌地公開到死之前的情況，為後人帶來啟示和勇氣。

我想了一下，想到了伊丹十三，但他是自己終結生命，所以好像有點不太一樣。

我超級喜歡伊丹十三的美感。

話說回來，對男人來說，「毫不隱瞞」似乎難度很高。

也許和是否能夠生孩子，也有很大的關係。

女人如果不完全暴露，就無法生孩子，也無法做生孩子的行為。

大學同學在我生日時，送我的禮物就是《死了一百萬次的貓》。

好久沒看了，要拿出來看一下。

滑菇

十一月八日

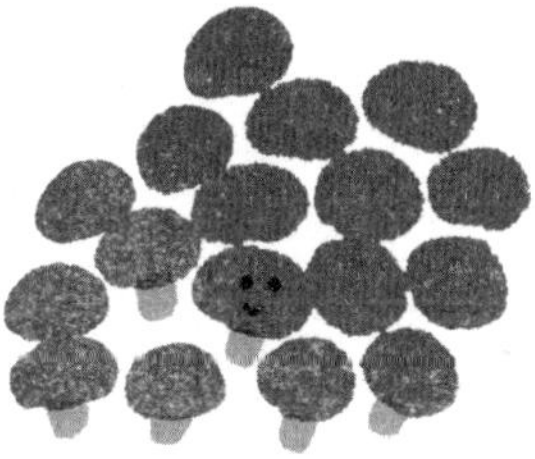

我收到了從山形寄來的野生滑菇。

滑菇是我的最愛。

之前住在柏林時，也經常在料理中加少許乾燥的滑菇。

既然目前在日本生活，那就要開懷大吃，盡情地吃滑菇。

野生的滑菇好吃得不得了。

我甚至覺得比松茸更有價值。

其實，我上週四半夜，身體很不舒服。每年差不多有一次左右，在我差不多忘記的時候，就會出現這種嚴重的腹痛。

半夜肚子痛得從睡夢中醒來，但這次真的很嚴重，我呻吟了一整晚，完全無法闔眼。

不知道是吃到了什麼身體會排斥的食物，然後再加上身體的虛冷，或是疲勞之類的原因，就會造成嚴重腹痛。

我自認自己平時腸胃很健康，但偶爾會在我幾乎忘記自己會腹痛的時候出現。

啊啊啊，又來了。雖然腦袋很清楚，但身體無法動彈。

我猜想生孩子時的疼痛，應該就是這種感覺。

意識朦朧，自己漸漸不再是自己。

因為這個原因，週五一整天，我都穿著睡衣躺在床上。

當然也沒去澡堂，只吃了蘋果充飢。

原本就在週末預約了脊椎指壓治療師，於是就和治療師聊了這件事。治療師對我的腹部觸診後，說可能是膽囊的原因。

我一直以為是胃有問題，所以很驚訝。

治療師問我，是不是吃了什麼油膩的東西？我想起那天晚上吃了炒麵。

應該是豬肉的肥肉惹的禍。

肝臟為了消化肥豬肉，製造了大量膽汁，然後送入膽囊，但是膽囊無法順利排出，所以導致疼痛不已。

膽囊所在的位置的確是劇痛的源頭。

治療師為我按摩腳底時，發現和膽囊相對應的位置有硬塊。

當身體虛冷，或是喝酒導致內臟功能變差時，再吃不易消化的食物，可能就會造成這次的情況。

我平時很少吃肉，即使偶爾吃肉，也都吃瘦肉，也許是因為在無意識中瞭解自己身體的弱點，採取了防禦措施。

比起肉類，我越來越覺得山菜和蕈菇更美味。

剛生完病的我收到這些滑菇太高興了。

野生的滑菇無法馬上食用。

因為沾到了山上的樹葉和泥土，要先洗乾淨。

換了幾次水，終於把一公斤野生滑菇洗乾淨了。
然後放進鍋子熬製。「熬製」似乎是山形縣獨特的說法。
總之，就是不加任何水分，在火上加熱。
於是，滑菇就會慢慢滲出黏液。
要持續從鍋底開始攪拌，直到滑菇完全熟透、變軟為止。
我會在最後加入少許日本酒和醬油調味。
然後就可以加蘿蔔泥一起吃，也可以加在蕎麥麵中。
今天晚上，我要做滑菇短義大利麵。
用高湯煮芋頭、蓮藕、牛蒡和胡蘿蔔，再加入切成小塊的燻鰹魚。
平時我都會用培根，但今天不想吃肉，所以改用燻鰹魚。
然後加入煮熟的短義大利麵，放置數小時，使之入味。
在重新加熱時，同時加入大量滑菇。
最後加芹菜增添香氣。
淋上橄欖油後，趁熱食用。

這樣的烹煮方式，很像是西式麵疙瘩。
蔬菜釋放出各種不同的味道，滑菇當然發揮了畫龍點睛的效果。
我一口氣吃了很多，難以想像之前還身體不舒服。
我稱之為健康義大利麵。
滑菇為什麼這麼美味？
我正沉浸在滑菇的餘韻中，陶醉不已。

再次造訪資生堂PARLOUR

十一月二十一日

　我和拉拉約定十一點五十分，在銀座山野樂器的樂譜賣場見面。

　因為疫情的關係，說好為了慶祝她考上高中，要請她吃的午餐一延再延，今天終於可以兌現承諾了。

　沒錯，曾經是個小毛頭的拉拉，今年春天，已經成為高中生了。

　好久不見的拉拉，頭髮染成了藍色，耳朵打了耳洞，完全變成了大人。

　回想起來，九年前。

　我和拉拉兩個人在資生堂PARLOUR，慶祝她小學入學，成為小學生。

　她媽媽帶她來到地鐵車站的月台，然後就是我和她兩個人的約會。

那是她第一次單獨和家人以外的人一起外出。

她看了菜單，婉拒了我提議的兒童套餐，她當時好像點了漢堡排？

當年的她胃口很小，但是，她靈活地使用了銀色的兒童叉子和刀子，慢慢吃著大人分量的漢堡排，中間好幾次都停下來休息。

服務生中途來了好幾次，準備收走她的餐盤，她自己告訴服務生：「我還要吃。」最後，真的全都吃完了，完全沒有剩。

轉眼之間，九年的時間過去，拉拉今年十五歲了。

我問她，想要怎麼慶祝順利考上高中？她回答說，想去資生堂PARLOUR吃飯。

拉拉寫信或是寄電子郵件給我時，不時會提到「下次要再去資生堂PARLOUR」，對她而言，資生堂PARLOUR似乎真的成為一個特別的地方。

這是最令我高興的事。

這一次，拉拉一翻開菜單，立刻說：「我想吃牛排！」

她似乎很愛吃肉。

拉拉津津有味地吃著用鹽釜燜烤的牛排。

拉拉在國中一年級時，很想讀一所高中，下定決心要考那所學校。她從那時候開始，就沒有改變志願，今年春天，終於如願考上了。

拉拉的功課很好，有很多選擇，但是她堅持想讀藝術方面的高中，而且貫徹了自己的決定。

拉拉從小就很喜歡畫畫、動手做東西。

目前還在學音樂。

那所高中的校風很自由，她每天都樂在其中，快樂得不得了。萬聖節的時候，大家都扮成不同的角色去上課，自然課時，會解剖豬的眼睛，但拉拉說她完全不怕。學校內有五十架平台鋼琴，她興奮地和我分享學校的生活。

能夠聽從自己的心聲，貫徹自己的意志採取行動很了不起。

聽她分享學校的情況，覺得很像德國的學校，我忍不住羨慕，我也很想讀這樣的學校。

這所高中的學生都是未來的藝術家，所以有很多有趣的同學。拉拉在自由自在的環境中，學習自己有興趣的事。她的身影閃閃動人。

我吃了最愛的大人芭菲，心滿意足。

而且，為了吃大人芭菲，請拉拉幫忙吃我套餐中的甜點，於是就可以放心吃自己喜歡的甜點了。

雖然我知道這種行為很幼稚，但是在我的世界中，來資生堂PARLOUR，當然要吃大人芭菲啊。

大人芭菲的小分量，令人欲罷不能。

雖然菜單上的名字是「迷你芭菲」，但是我都稱之為「大人芭菲」。

日常的飲食固然重要，這種非日常的特別回憶也很重要。

以兒童為主要對象，提供低價或免費營養餐飲的兒童食堂很偉大，但是，我也很希望把吃大餐的特別記憶當作禮物，送給很少有這種機會的孩子。

吃完飯後，我對拉拉說，如果她有什麼想去的地方，我可以帶她去，沒想到拉拉用手機迅速查到了轉車的方式，最後變成她帶我前往。

回家之後，我和拉拉的媽媽用LINE聯絡，她說希望我把為拉拉拍的照片傳給她。

據說是因為拉拉平時自拍的照片或是大頭貼，都大幅修圖，根本變成了另一個人了。

果然是時下的年輕人。我忍不住覺得很好笑。

拉拉真的很可愛。

翻滾滾漫畫

十一月二十六日

三年前的今天，我的朋友繆絲妲莎回宇宙去了。

兩年前的今大，我在柏林時認識的小P，在倫敦的大和基金舉辦了藝術家講座。

我忘了一年前的今天，自己做了什麼。八成是去駕訓班學開車。

今天，我決定出門去看電影。

傍晚，我提早讓百合吃了晚餐，一個人走進車站前的拉麵店，吃了一碗餛飩麵，然後搭電車去電影院。

我看了《美國烏托邦》。

名不虛傳，電影的內容果然很精采。的確就是今天該看的電影。

我和繆絲妲莎、小P有一句暗號，那

就是「快樂」。

我相信嫪絲妲莎此刻也從遙遠的地方，持續向我們傳遞訊息，提醒我們「要快樂喔」。

所以，我要把十一月二十六日訂為「快樂日」。

難得一個人晚上出門看電影，感覺好像回到了在柏林的時光。

幾天前，小P在電子郵件中，用關西話提到，時間稍縱即逝，簡直就像是翻滾滾漫畫，其實是由很多張畫構成的。

翻滾滾漫畫？那種用手快速翻閱，感覺會動起來的漫畫，不是叫翻頁漫畫嗎？？我姑且不吐槽她，但非常認同她說的這句話。

沒錯，雖然感覺時間就像長河般不斷流動，但其實很可能是由很多個別發生的事串在一起而成。

話說回來，關西人稱為翻滾滾漫畫嗎？

關東都說是翻頁漫畫。

還是我記錯了，應該是翻滾滾漫畫才對？

我好想嫪絲妲莎，也好想和小P見面。

我想起小P最近說了一句名言。

只要有朋友和動物，就可以活下去。

我也深有同感。

如果可以再貪心一點，我還想加入大自然。

只要有朋友和動物，還有大自然，就可以幸福生活。

我在兩年前，為人生作了重要的決定。

終於，真的是終於，一直旋轉不停的指南針的針終於停了下來，穩穩地指向了固定的方向。

去伊豆大島

十二月五日

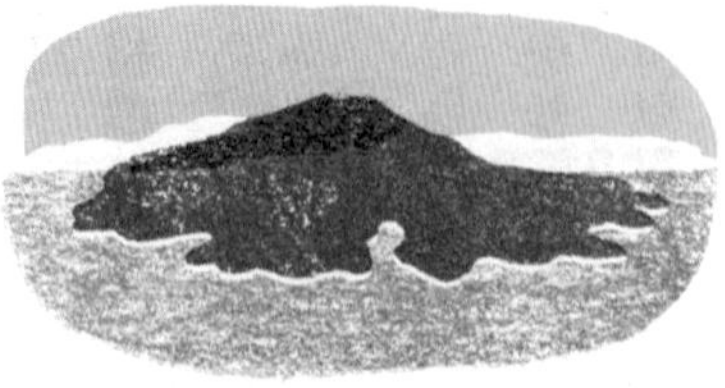

從調布機場搭螺旋槳飛機，咻地飛了二十五分鐘。

然後就抵達了伊豆大島。

我很喜歡這種短暫的空中旅行。

上次去了八丈島。

這次來到伊豆大島。

從天空看地面，房子和車子都像玩具。

只有富士山氣勢雄偉地屹立在那裡，看起來特別帥。

在我小學六年級時，我曾經和媽媽一起來伊豆大島，成為我的畢業紀念旅行。

那是只有我們母女兩人的畢業紀念旅行。

當時並沒有汽船，我記得當時在船上睡了一晚，清晨抵達了大島。

然後住進了民宿，吃了早餐。

我還記得民宿的早餐有山茶花天婦羅，媽媽興奮不已。

突然想到一件事，媽媽當時的年紀可能和我現在差不多。這麼一想，就感到很不可思議。

昨天攀登了三原山，看了火山口。

上一次火山噴發至今已經過了三十五年。

據說三原山每隔三十五年到四十年就會噴發，所以現在隨時都可能噴發。

每次火山噴發，大地就被熔岩覆蓋，所有的植物都會滅絕，然後重生。

也就是說，我和媽媽來這裡時看到的風景，也和當時不一樣了。

我清楚記得，當時我一直吵著要騎馬。

那時候有觀光馬，可以騎著馬攀登三原山，然後騎著馬下山。我向媽媽抗議，既然都已經來了，我想要騎馬。

我猜想騎馬的價格不便宜。

媽媽原本不想讓我騎馬，但最後還是拗不過我，於是只有我一個人騎馬上山。

媽媽在山下等我，我獨自騎馬上山時，和媽媽之間的氣氛有點僵。

但是，那次騎馬超可怕。

有一個叔叔握著韁繩，牽著馬上山，但因為坡道很陡，那匹馬走得搖搖晃晃。

我拚命抓緊馬背，一心只想著趕快下山。

那匹馬步履蹣跚，默默走在一片荒涼，就像是沙漠般的山上，好像隨時都會跌倒。

我騎在馬上一點都不開心，只是嚇得發抖。

騎了將近一個小時，回到山下，看到媽媽時，我發自內心鬆了一口氣，情不自禁流下了眼淚。

如今，我深刻反省自己當年不懂事，提出那麼任性的要求，完全沒有考慮到媽媽的經濟狀況。

我在爬三原山時，想起了這件往事。
雖然天氣晴朗，但是風很大，每次強風吹來，我整個人都快被吹走了。
而且山上超級冷，這不是誇張的形容，我真的覺得好像走進了地獄。
中途好幾次都想放棄，但是想到這次工作上的夥伴和我一起旅行，所以就說不出口。
不知道是否因為太冷了，這幾年已經很少頭痛，這次竟然嚴重頭痛。
富士山激勵了我。
從伊豆大島可以清楚看到大海對面的富士山。
富士山的身影真的很美，於是就且看且走，硬撐著走下去。
聽說以前有人跳進三原山的火山口自殺，但是我覺得既然有毅力爬上山，應該能夠在山下的世界繼續生活。
換成是我，搞不好還沒有爬到火山口，就覺得實在太累了，中途放棄，乾脆下山了。

晚上，我們三個女人去了當地的壽司店。

吃了用當地的魚做的握壽司，然後回到旅館，烤了伊豆大島的特產臭魚乾當點心。

我基本上不挑食，但臭魚乾真的敬謝不敏。

但是，當地人都很習慣吃臭魚乾。

這次和我同行的兩個人也是第一次挑戰臭魚乾。

她們似乎很喜歡，喝著島上的燒酒配臭魚乾到深夜，吃得有滋有味。

伊豆大島、有點像是日本的夏威夷。

因為離東京很近，很適合輕鬆的小旅行！

波浮港的早餐

十二月六日

在伊豆大島時，我們住在一個叫波浮的村落。

波浮，就是浮在波浪上。

波浮位在有天然海港的島的南側，在昭和十年至二十年（一九三五年至一九四五年）期間，這裡是很繁榮的地方。

大海男兒性格豪邁，今朝有酒今朝醉，身上不留隔夜錢，所以來到波浮港後，個個出手闊綽，大肆揮霍。

據說港口有許多旅館，還有一整排妓院，當時這裡的土地價格竟然居日本之冠。我聽得瞠目結舌。

這裡的漁獲量也很驚人，據說那時候只要走去港口，地上到處都是掉落的魚。

只不過這都是陳年往事了。

從某一個時期開始，附近的海域突然捕不到魚，而且隨著船舶技術的進步，即使不需要在波浮港暫時停靠，也可以持續航海。

目前波浮港有很多空屋，總共只有四百五十個居民。

一到晚上，這裡就像是一座鬼城，沒什麼燈光，也沒有人影，老實說，一個人走在路上需要很大的勇氣。

即使如此，目前已經陸續有一些年輕人移居波浮，為這個地區帶來了新氣象，努力想要留下當年的影子。

星期天上午，我去了一名移居者經營的漂亮咖啡店。

這家咖啡店也是電視劇《東京放置食堂》的拍攝場地，所以有不少客人上門。

那是一家讓人放鬆的咖啡店。

這也難怪，原來這家咖啡店是由我的朋友井田設計的。

星期天上午，我吃著島上的黑磯作業所製作的天然酵母葡萄乾吐司，喝著咖啡歐蕾，充分享受了島上的悠閒時光。

這家咖啡店使用了島上名產的大島奶油和山茶花油，混合成特製的奶油，我抹了滿滿的特製奶油，幸福感油然而生。

經營這家咖啡店的女性老闆瀟灑有型，從她的表情和動作，就可以感受到她對自己的工作很滿足，對自己的生活方式也很滿足。

因為這家咖啡店太舒服了，我忍不住想多坐一會兒，於是又點了熱巧克力當作點心。

只要住家附近有一家這樣的咖啡店，我就可以生存。

下午出門採訪，當地人和我分享了伊豆大島上的很多舒服的地方。

陰沉天空下的大海也很美，我陶醉在眼前的美景中。

今晚打算去咖啡店的女性老闆分享的拉麵店吃晚餐。

在波浮，供應晚餐的店家非常少。

而且很多店星期天不營業，稍不留神，可能就會餓肚子。

但是，去吃拉麵之前，我要先去旅館附近的高林商店喝一杯。

這家商店從小孩子的零食，到大人的酒，還有明日葉，以及衛生紙應有盡有，商店後方有榻榻米空間，可以買了店裡的商品之後，在那裡吃吃喝喝。

先買了瓶子很可愛的山形水果酒，和下酒菜地瓜乾，請店家幫忙加熱後，坐在那裡喝起了餐前酒。

太開心了。

原本以為不會吃太多地瓜乾，沒想到兩個人把一包都吃得精光。

山形縣南陽市的GRAPE REPUBLIC生產的蘋果和西洋梨氣泡酒口感很清爽，味道很有層次，忍不住一口接著一口。

我們也向老闆打聽了這裡的空屋資訊，以及島上的各種情況。

走出高林商店後，就直奔拉麵店。

夜晚的道路一片漆黑。

星星在天空中閃爍。

我們先點了汆燙海苔和明日葉，猶豫之後，點了這家拉麵店最大力推薦的鹽味海苔拉麵。

我的選擇完全正確。

貝類的高湯用島上生產的鹽調味做成湯頭，麵也很好吃，最令人滿意的是，像山一樣的海苔幾乎快滿出來了。

啊，太好吃了。我在吃麵時，忍不住說了好幾次這句話。

除了吃麵，還和本地人交流了一番，最後心滿意足地走了出去。

回程搭船。

我忍不住想，老後住在伊豆大島也不錯。

離東京很近是最大的優點。

隨便分享波浮港的好康消息。

最推薦的當然就是Hav Cafe。

這家咖啡店只有週五、六、日營業，無論餐點、咖啡店的氣氛和女性老闆都太讚了。

位在同一條路上的港鮨也很好吃。

使用當地捕獲的魚做的握壽司，我記得好像是一千九百五十圓。

想吃壽司，就去港鮨。

在鵜飼商店，可以吃到剛炸好的美味可樂餅和炸肉餅。

據說當地人都會一口氣訂一百個當慰勞品送人。

想在店裡喝酒，就去高林商店。

還可以買到新鮮的明日葉，和看起來很好吃的紡錘麵包。

我們去吃拉麵的那家店叫「Yorimichi」。

這裡星期天也有營業。
味道也Good！

收集臭魚乾

十二月十四日

我買了伊豆大島的特產臭魚乾。

關於臭魚乾，喜歡和不喜歡的人壁壘分明。

喜歡的人超喜歡，討厭的人絕對不碰。

我周圍有不少人都很喜歡。

雖然我屬於後者。

在每家賣土特產的店內，臭魚乾都放在最佳位置。

雖然我很想買我們在旅館烤的那種沒有特別包裝，當地人當作普通的魚買回家的臭魚乾帶回家，但是想到我要搭公共交通工具，所以很擔心周圍人的眼光，或者說是周圍人的鼻子。

最後我買了幾包真空包裝的臭魚乾。

雖然買大分量的應該比較便宜，但我猜想一旦打開，就會很臭，所以最後買了能夠一次吃完的小分量包裝。

因為我想收到的朋友會更喜歡。

我發現還有油漬臭魚乾。

油漬臭魚乾的包裝有滿滿的手工製作感，我知道自己非買不可，於是手就伸了出去。油漬臭魚乾是將烤過的臭魚乾浸泡在加了辣椒、大蒜、月桂、花草鹽的橄欖油內。

嗯，不知道會是什麼味道。

不知道會不會讓臭魚乾的香氣變得柔和。

如果和明日葉一起，做成蒜香辣椒橄欖油義大利麵應該很好吃，但因為買不到明日葉，所以要試試用芝麻葉代替。

時間過得真快。

不久之前，我不在家的時候有宅配送包裹，於是我就打電話申請再次配送上門，但每次都在輸入希望配送時間時發生錯誤。

明天不行就改後天，如果後天也不行，那就大後天，我一次又一次順延了配送日期，但無論我輸入多少次，語音都回答說，那個日期無法配送。

為什麼？我不得其解，仔細想了一下，才發現我輸入了十一月的日期。

也就是說，我的潛意識認為目前還是十一月。

所以看到有人把聖誕樹放在門口，忍不住驚訝，這麼快就聖誕節了嗎？

再過半個月，除夕鐘聲就要敲響了。

十二月的別名是「師走」，真的是一路快跑，轉眼之間就過去了。

今年從下半年開始，我一直在全速奔跑。

一陽來復

十二月二十三日

冬至已過，從今天開始，白天的時間又要慢慢變長了。

今天清晨的太陽，讓我深刻體會到這件事。

每天去澡堂泡澡來回的路上都可以看到富士山，是一件快樂的事。

昨天的浴池內，漂浮了一顆差不多像人的腦袋這麼大的柚子。

剛好在兩年前，我親身感受了拉托維亞鄉下地方的聖誕節。

當時得知聖誕節原本是源自對大自然的崇拜，讓我驚訝不已。

把聖誕節視為迎接太陽復活的時間，就很符合日本人的生活習慣。

冬至和聖誕節的日期很接近絕非偶然。

冬至過後，陽光的量就開始增加，大家為這件事感到喜悅，為此慶祝，所以我把聖誕節理解為慶祝冬至之後，陰氣盡，陽氣始復生的一陽來復。

祝各位聖誕節快樂！！！

粥

十二月三十一日

我在除夕的早晨熬粥。

剛好發現家裡的砂鍋出現了裂縫，所以就決定來熬粥，順便修復砂鍋。

我很愛熬粥時散發出的那股淡淡香氣。米和水的份量是一比六。

只要一小杯米，就可以熬出一鍋粥。

我用昨晚做的牛肉炒牛蒡、金平炒蓮藕、韓國泡菜、碎納豆。

今年做的菜，我希望在今年之內吃完。

在熬粥的同時，我開始校對明年年初就要出版的《針與糸》的文庫版二校稿。

今年的最後一個上班日是週五，所以我工作到三十一日。

我打算休息週六、週日兩天，等新年假期結束的三日，就開始工作。
沒錯，我的生活節奏馬不停蹄。
因為我樂在其中。
重看《針與糸》的內容，再次體會到，一路走來，發生了很多事。
話說回來，我已經活了半個世紀，當然經歷了很多事。
我在開車時，比起柏油路面，我更喜歡沒有舖柏油的路。
如果沒有其他車子，我最喜歡山上崎嶇的路。
我在書桌和廚房之間走來走去，開始做年菜。
不自己動手做年菜，就沒有年味。
除了五色涼拌菜、魚肉蛋捲、黑豆，還有紅燒沙丁魚乾、醋醃章魚、鯡魚卵等等。
我每道料理都只做一點點，避免自己吃膩。
雖然五色涼拌菜、魚肉蛋捲和沙丁魚乾都做得不夠好，但也沒辦法。
話說回來，我到底什麼時候，才能夠把魚板切得很直？

我通常都是把一條魚板對半切，然後再對半切，再一次對半切，總共切成八段，但八段的厚度都不一樣，而且也切歪了。

如果不是非常專心，就無法把魚板切得很漂亮。

忙完廚房所有的事之後，最後開始大掃除。

窗戶很髒，心裡就感覺不踏實，於是我就用舊報紙擦了窗戶。

嘰、嘰、嘰。擦窗戶的聲音太悅耳了。

打掃完廚房，拿出新年的特別餐具後，帶百合去散完步，現在終於有空坐下來喝杯茶了。

檜原村的紅茶配小P從柏林寄來的杏仁膏和杏乾。

等一下要去澡堂泡澡，療癒一年分的疲勞，晚上要來吃雞肉火鍋。

吃完跨年蕎麥麵，今年這一年又結束了。

光陰如箭。我覺得好像一個月之前，才剛過了去年的除夕。

各位讀者，這一年也辛苦了。

國家圖書館出版品預行編目資料

超簡單熱壓三明治 / 小川糸 著；王蘊潔 譯.--
初版.--臺北市：皇冠. 2025.2 面；公分.
--（皇冠叢書；第5209種）（大賞；177）
譯自：なんちゃってホットサンド

ISBN 978-957-33-4249-6（平裝）

427.14　　113019371

皇冠叢書第5209種
大賞｜177

超簡單熱壓三明治

なんちゃってホットサンド

作　　者—小川糸
譯　　者—王蘊潔
發 行 人—平　雲
出版發行—皇冠文化出版有限公司
台北市敦化北路120巷50號
電話◎02-27168888
郵撥帳號◎15261516號
皇冠出版社（香港）有限公司
香港銅鑼灣道180號百樂商業中心
19字樓1903室
電話◎2529-1778　傳真◎2527-0904
總 編 輯—許婷婷
責任編輯—黃雅群
美術設計—嚴昱琳
行銷企劃—薛晴方
著作完成日期—2024年
初版一刷日期—2025年2月
初版二刷日期—2025年2月
法律顧問—王惠光律師

讀者服務傳真專線◎02-27150507
電腦編號◎506177
ISBN◎978-957-33-4249-6
Printed in Taiwan
本書定價◎新台幣340元/港幣113元